北京老人

THE OLD MAN OF BEIJING

易何 著

敦煌文艺出版社

图书在版编目（CIP）数据

北京老人 / 易何著. —— 兰州：敦煌文艺出版社，2019.11（2023.1重印）
ISBN 978-7-5468-1836-8

Ⅰ. ①北… Ⅱ. ①易… Ⅲ. ①电影剧本－作品集－中国－当代 Ⅳ. ① I235.1

中国版本图书馆CIP数据核字（2019）第248502号

北京老人
易 何 著

责任编辑：张家骝
装帧设计：李 娟 禾泽木

敦煌文艺出版社出版、发行
地址：（730030）兰州市城关区读者大道568号
邮箱：dunhuangwenyi1958@163.com
0931-2131373 2131397（编辑部） 0931-2131387（发行部）

三河市嵩川印刷有限公司印刷
开本787毫米×1092毫米 1/32 印张7 插页1 字数135千
2020年1月第1版 2023年1月第2次印刷
印数：3 001～6 000

ISBN 978-7-5468-1836-8

定价：36.00元

如发现印装质量问题，影响阅读，请与出版社联系调换。
本书所有内容经作者同意授权，并许可使用。
未经同意，不得以任何形式复制转载。

Contents
目 录

001
北京老人

163
朋友圈噩梦

【电影剧本】

北京老人

The old man of Beijing

易 何

1.北京四合院　日　内

【收音机按下,京剧唱段响起:

没乱里春情难遣,

蓦地里怀人幽怨。

则为俺生小婵娟,

拣名门一例、一例里,神仙眷。

甚良缘,把青春抛得远。

俺的睡情谁见?

【这是一个北京传统四合院,老姚把鸟笼挂在树上,开始做操。这是他自当兵以来养成的习惯。

侧屋摇滚歌手裸着上身提着五个空啤酒瓶出来,关门时不小心一个掉在地上。摇滚歌手将空酒瓶放在门口,又回去捡起掉在地上的那一个,放好后出门。

【老姚停止做操,看着这一幕。

【汪秀在屋内给观世音菩萨上香,佛像旁是毛泽东的雕塑,墙上贴有一张抗美援朝时老姚和战友在雪地里的留影,旁边还有一张全家福,全家福中老姚和汪秀坐在正中间,后面站着大女儿姚兰和她的美国老公,大儿子姚松和他的妻子,小儿子姚魁,前面地上坐着外孙肖恩、外孙女米芽。汪秀看着全家福口中念念有词。

【老姚做完操,看了一下笼中的八哥。

【摇滚歌手吃着一个煎饼果子进了屋,关上门。

老姚对着屋里老伴:汪秀,我遛弯去了。

【老姚关掉收音机,京剧唱段结束,一旁的摇滚歌手屋里传来狂躁的摇滚音乐。

【老姚老伴从屋里走出来:今早点回,太阳烈,别晒着了,回来路上带点肉屑,头伏,咱吃饺子。

老姚:知道了。麦子(老姚家的狗)!

【麦子从跑到他身边。

【老姚看了看摇滚歌手的屋,没有说话。

【老姚提着鸟笼慢慢走出屋,嘴里嘀咕着:遛不了你几次了。

2.胡同　日　外

【老姚走出屋门,胡同墙上到处刷着"拆"以及挂着"同一个世界　同一个梦想"横幅,胡同不远处停着一辆搬家公司货运车,邻居老王正忙着搬东西。

老姚:老王,今就开始搬吗?这是搬哪去啊?

老王:郊区,儿子在燕郊买了一套房子。

老姚:这不到河北了吗?

老王:是啊,不过那边有山有水,也是平房,咱年纪大了,图个清静。

老姚:要不,跟我到胡同口杀两把去?咱还没分胜负。

老王:今儿怕是不行,回头您来燕郊找我,咱再杀个几百回合。

老姚没有搭话,自顾自地朝胡同口走去,嘴里嘀咕着:下了十几年的棋了……

3.胡同　日　外

【老姚提着鸟笼继续走着,麦子在墙边不停地嗅着。

【墙边一个老太太坐在马扎上晒太阳,跟老姚打招呼。老太太遛弯去呢?

【老姚没有理她。

【一个农民工骑着三轮车大声吆喝着"废品！废品"。

【老姚来到胡同拐角,拐角处的小卖店门口堆着一堆空酒瓶,一堆老北京酸奶瓶子,旁边搁着一个纸牌,上面写着:甜面酱、醋。

【一旁煎饼果子摊,一个束发发福的中年妇女穿着睡衣在等待。

【小卖部旁边一块空地有一棵大树,大树底下几个老人正围着下象棋。

【老姚把鸟笼挂上,这时停下一辆车,车里下来几个人,是动迁办的。

【其中几个年轻人在一旁贴了一张动迁公告,看着一旁的"拆"字模糊了,找出喷雾又喷了一遍。接着,他们又喷胡同其他的"拆"字。

【动迁办王主任笑嘻嘻地走来。

王主任:姚大爷,各位街坊邻居,都在啊,还是关于搬迁的问题。

【老姚看着这一切气不打一处来,把刚挂好的鸟笼取下转身向家走去。

王主任:姚大爷,姚大爷,您别走啊,关于搬迁,政府又有新政策了。

4.四合院 日 内

【老姚急匆匆地回到家,把大门关上,回到自己房间。

汪秀:怎么就回来了?

5.四合院摇滚歌手的房间　日　内

【这是一个七八平方米的房间,墙上钉着黑白格子的布,布上贴有迈克尔·杰克逊的海报,房间里有一张床、一把椅子、一张桌子、两把吉他,桌子上放着吃了一半的煎饼果子,烟灰缸里全是烟头。摇滚歌手一头长发,赤裸着上身,手臂上文有骷髅图形。

【摇滚歌手踩了一下电吉他效果器,掐掉烟,喝了一口水,开始弹奏一段 solo。

6.四合院　日　外

【老姚到房间翻箱倒柜,到处找东西。

汪秀:(干着急)你这是找什么啊?

【老姚穿着一身京剧老生行头,手拿着大刀从屋里冲出来。

汪秀:(拉着老姚)你这是要干吗去啊?

老姚:我要跟那帮拆迁的拼了!这不还没到搬迁的日子吗?天天像个催命鬼似的。

汪秀:你一把老骨头了,别折腾了,别伤着自己了。

【老姚气汹汹地向屋外走去,汪秀在一旁拼命阻拦。

【摇滚歌手电吉他伴奏声音越来越激烈。

7.四合院大门　日　外

【老姚打开大门,门外站着何卫国,何卫国袖子上戴着黑纱,脚穿着白鞋。

【老姚手握着大刀,不知道如何是好。

何卫国:姚叔,我爸过了。

【何卫国说完往下跪,老姚赶紧把大刀交给一旁的汪秀,一手拉起何卫国。

【这时动迁办的一帮人走了过来。

【老姚把何卫国领进大门,看了一眼动迁办的人,"砰"的一声关上大门。

【大门上贴着一对破旧的门神,周围的中国红漆大多已脱落,旧迹斑斑。

8.追悼会现场　日　内

【追悼会上奏着哀乐,灵堂上方横幅写着"深切追悼何伟建烈士"。灵堂中间摆放着棺木,棺木中躺着一位白发老人,老人身穿军装,军装上别满勋章。棺木周围摆满花圈,都是一些单位以及领导赠送的。参加追悼的人围绕棺木献花鞠躬。

【老姚身穿旧军装,胸前没有一个勋章,身边是大儿子姚松。老姚来到棺木前,敬礼!靠近看了看尸体,从口袋中掏出一个勋章,摸了摸。看得出来这一个勋章与棺木中间的人胸前其中一个是相同的,然后把勋章放进口袋。

【老姚和姚松来到家属前面,家属立马上去迎接。

何卫国:姚叔。

【老姚拍了拍何卫国的肩:卫国,不用难过,你爸这一辈子了不起。

【何卫国点头。

9.追悼会现场外　日　外

【老姚站在灵堂外花圈旁,看着花圈,用手指摸了摸"何伟建"几个字,掏出烟点着。姚松走过来。

姚松:爸,您别抽烟了,医生不让您抽。

【老姚瞪了一眼姚松,姚松识趣地闭嘴。

【这时姚松的电话响起,姚松到一旁接听电话。

姚松:去美国的那几个还没搞定?出什么问题了……

10.长安街上　车内　日

【姚松开着一辆凯迪拉克SUV,广播里播放:马上就到奥运倒计时一周年,各区民众都在准备庆祝活动……

【姚松换了一个频道,广播:欢迎收听老歌怀旧栏目,接下来送给大家的是《东方红》。

【快到天安门了。

老姚:前面慢点。

【经过天安门,老姚看着天安门前的毛泽东像,眼神专注,最后忍不住敬了一个礼。

【广播里传来:他为人民谋幸福,他是人民大救星……

11.四合院　日　外

【姚松把车停在四合院门口,下车把老姚扶下来。

姚松:我说爸,您跟妈就早点搬了。您看这胡同进车多难啊,太不方便了。这一片是市政府统一规划的,你犟有什么用?

老姚:年纪大了,不想动。

姚松:要不,你们搬到我那去?反正我一个人住。

老姚:你?我还不知道你?我们住过去你能习惯吗?

姚松:行行行,我跟妈打声招呼,最近我也忙不过来,明天又得去趟美国。你有什么要带给大姐和姚魁的吗?

老姚:这事跟你妈说去。

【姚松电话响起,接电话。

姚松：你们又不是头一次搞出国移民，不要凡事问我。我明天刚好去一趟美国，有什么事情我来搞定……

12.四合院内　夜　内

【四合院夜景空镜。

【一张老照片特写,照片上几个年轻人扛着枪,站在帐篷外雪地里,帐篷上横幅写着"中国人民志愿军"。

【汪秀放下最后一个菜。

汪秀:别看了。

老姚:当初要不是老何,我就不是手臂中枪,有可能死在朝鲜了。几十个弟兄,就剩下我一个了。

汪秀:吃饭吧。

老姚:(坐下看着汪秀)今天喝点吧。

【汪秀犹豫了一下,还是起身找了瓶二锅头和两个小玻璃杯。

【老姚起身又拿了一个杯子,汪秀拿起二锅头要倒酒,老姚接过酒。

　　【老姚给三个酒杯倒满酒,看着并排的三个酒杯,又看了看墙上的照片,端起其中一杯倒在地上。

　　老姚:队长,我这几十年的命是你给的,你走啊,我回去找你!

　　【老姚再端起一杯干了。

　　【汪秀也端起一杯喝了。

　　【老姚坐下又给酒杯满上。

13.四合院摇滚歌手房间　夜　内

【摇滚歌手坐在电风扇前,满脸汗水。
【他拿起一把木吉他,开始弹奏,旋律中带着一丝悲伤。

14.老姚的房间 夜 内

【老姚又喝了一杯。

汪秀:少喝点,你这高血压,不能喝酒。

老姚:汪秀,你觉得这一辈子跟着我幸福吗?

汪秀:这日子不挺好吗? 不愁吃,不愁穿,三个孩子都有出息,老大老三都在美国了,老二是公司经理,左邻右舍的都羡慕咱俩。

老姚:我觉得,我们的日子过得真苦,多活几十年,多受几十年的罪。

【汪秀没有说话。

老姚:退伍后,我进肉联厂,杀了几十年的猪。你在小学当老师,天天吃石灰。红卫兵那会儿还好,咱们出身好,大跃进那几年真是难熬……算了,都是过去的事,不提了。

老姚：唉，当时你是怎么看上我的，我就一杀猪的。

汪秀：不是我看上你，是你缠着我，加上那时你刚从朝鲜归来，是最可爱的人，心一软……

老姚：哈哈，让你受苦了。

汪秀：说这些干什么呢？

老姚：我记得三个孩子，没一个省心的，老大姚兰从小多病，生出来不哭，差点把我给急哭了。老二爱打架，老三不爱说话。我印象最深的是，这仨儿个个面黄肌瘦的，饿死鬼投胎，什么时候都吃不饱。

汪秀：你还记得往家偷肉吗？

老姚：哈哈哈！怎么不记得，那真是煎熬，我们俩也算是有思想觉悟的，竟干出这种事。

汪秀：哈哈哈哈，来，老头走一个。

15.摇滚歌手房间　夜　内

【摇滚歌手挂掉电话,把手机扔到床上,拿起吉他弹了一下,结果断了一根弦,放下吉他。

【摇滚歌手看着镜子,镜子一角夹着一张他与一个女孩的合影,摇滚歌手随手把照片扔掉。他看了看一旁的吉他,抄起吉他想往地上砸,又瞬间停留在半空中,使劲扔到床上,回身一拳把镜子击碎。他转身提起一个铝桶,拿起毛巾、香皂向外走去。

16.老姚房间　夜　内

【老姚听着外面摇滚歌手接水的声音,又喝下一杯,看得出来他已经有几分醉意。

汪秀:现在孩子大了,咱们也别瞎操心了,趁活着,该享享清福了。你不是一直想去庐山吗?咱明天就买票去,姚庐山,姚庐山,名就叫庐山,结果一辈子没去过,说出去让人笑话,哈哈。

老姚:是啊,之前跟几个战友约好老了一块爬庐山,如今剩下我一个,我要把这个约定实现。

【这时屋外传来更加吵的叮铃咚隆的声音。
【老姚拿着酒杯气不过,喝下酒起身向外走去。

17.四合院废弃物　夜　内

【摇滚歌手蹲在铝桶前面,全身是泡沫,正闭着眼睛揉头。

【老姚进屋,过去就是一脚。

老姚:你怎么这么吵?这是你洗澡的地吗?

【老姚又是一脚,摇滚歌手往后退,因为全身裸体,不该如何是好。

老姚:谁让你在这洗澡的,你给我搬走,明天就搬走。

【汪秀走进来,一把拉走老姚。

汪秀:你发什么酒疯啊?

【夜色中汪秀把老姚拉进屋。

汪秀:他招你惹你了,发什么疯,小心你的血压。

【特写,黑暗中摇滚歌手站在墙角。

18.梦境　战场　日　外

【战场上漫天遍野的雪,战火硝烟弥漫,分不清白天黑夜,枪声炮弹声此起彼伏,子弹在空中呼啸而过。

【姚庐山愣在战壕前,傻了。这时何伟健从远处冲过来一脚把姚庐山踢倒。

【姚庐山:(捂住自己的胳膊)队长,队长,我中枪了。

【何伟建看了看伤口,搀着姚庐山往后撤。这时一颗炮弹飞过来,砰,刚好打中他俩。

19.老姚屋 夜 内

【老姚长吁一口气,从梦中醒来,但还是缓不过这口气,大声地喘着气。

汪秀:(醒来)怎么了?怎么了?老头子?

【老姚大口大口地喘着气。

汪秀:你可别吓我啊!

【汪秀慌乱中拨打电话。

【城市夜景伴着救护车的声音。

20.四合院　日　外

【摇滚歌手站在四合院内,看着老姚家大门。门上拴着一把大锁。

【摇滚歌手犹豫很长一段时间,捡起一块石头,扔向老姚家,一块玻璃应声碎了。

21.医院　日　内

【医院住院部走廊,三五个病人穿着病号服走在走廊上,一个老头在儿子搀扶下散着步。
【护士给老姚量血压,汪秀从外面提着吃的进来。
护士:阿姨,医院有病号餐,不用带了。
汪秀:我知道,但是他不吃口辣的,吃不下东西。
护士:辣椒不能吃。
【老姚一下听着生气,眼睛盯着护士。
老姚:怎么辣椒就不让吃了?
护士:您的身体不允许吃刺激性的食物。
老姚:但我吃不下,这也不让吃,那也不让吃,医院咋就这么不自在呢?
汪秀:人家姑娘是为你好,你嚷嚷什么?姑娘别生气啊。

【护士填写数据,收拾器械。

汪秀:情况怎么样?

护士:血压平稳了,还得在医院调养一段时间。阿姨一会去门诊部把住院费交一下,之前那些押金快用完了。

汪秀:哪儿?

护士:大厅门诊部 27 号窗口。

【护士说完收拾东西出去了。

汪秀:来,起来吃点东西吧。

老姚:哪吃得下!

汪秀:吃不下也得吃,光吃药怎么行?

老姚:我根本就没问题,完全可以出院了。咱们回家吧。

汪秀:好了,听医生的。

老姚:你过来,麦子怎么办?

汪秀:麦子没事,好着呢。

老姚:咱们出院吧,回家一样能调养。

汪秀:先吃饭。我去交费。

22.医院门诊部　交费窗口　日　内

【门诊部到处都是人,像菜市场一样。

【汪秀排到 27 号窗口,发现队伍很长,而旁边 28 号窗口就几个人,于是排到 28 号。

【汪秀排了一会,轮到汪秀。

汪秀:我交住院费。

收费员:住院排 27 号。

汪秀:你不能帮收一下么?

收费员:这个窗口只收办饭卡的,下一个。

汪秀:我年纪大,站着累。

收费员:下一个。

【汪秀只好悻悻地站到 27 号的长队伍后面。

23.医院病房　日　内

【汪秀气喘吁吁地回到病房。

老姚:怎么这么久?

汪秀:排队。

老姚:你怎么了?

汪秀:有点累。

老姚:那也不至于累成这样。

汪秀:人老了,太可怜了。

老姚:哈哈,我说了不能住院。

汪秀:(带着哭腔)那些人太欺负人了,有一个窗口明明没人,却不收……

老姚:好了,明天咱就出院。这病我太清楚了,治是治不好了,就是调养,家里一样。

汪秀:家什么呀,用水用电起居多不方便,上个厕所还得到外面去。

　　老姚:搬家,立马搬家,回去就跟动迁办的签协议。

24.胡同——动迁办公室　日　外

【王主任:(把老姚和汪秀送出门外,边走边说)姚大爷,谢谢您对我们政府工作的支持,您签字对其他钉子户是一个很好的榜样,起了带头作用。

【老姚有些不开心地看了一眼王主任。

王主任:我不是说您是钉子户。不过您放心,我们补偿给您老的房子绝对是一流的,虽然离市中心远一点,但坐车1个小时25分钟就到了,这是一个超大、超成熟的社区,附近超市、银行、学校、餐馆、健身房、菜市场、秧歌队应有尽有,不用出小区,想干啥都可以。我给您挑选的房子面积也是最大的,户型是最好的……

【老姚不想听,拄着拐棍已经走在了前面。

【汪秀追了上去:怎么了,老头子?后悔了?

老姚：后悔啥，这么不早晚的事吗？我只是以为自己会死在这个老胡同里，没想到……

25.四合院　日　外

【老姚和汪秀回到四合院。

汪秀:我先给姚松打电话。

【汪秀打开门,麦子跑到了老姚脚边。

【老姚站着院子中间,看着这上了年纪的房子,有点不舍。

【老姚四处看看,到处摸摸,来到了摇滚歌手的房间。

摇滚歌手已经搬走,房间一片狼藉。

只见墙上用笔涂着:FUCK BEIJING! FUCK DREAM!

25.北京街道　日　外

【流浪歌手背着吉他和行李,等公交。300路公交车来了,流浪歌手挤上车。

【流浪歌手看着车外。

【北京城市空境,现代化北京,立交桥、SOHO外景,高楼大厦。

【镜头摇进来。

【老姚和汪秀坐在车内,姚松开着车。

【车驶入小区,停在楼下。

26.老姚新房　日　内

【老姚上电梯,出电梯,姚松来到新房门口,开门,麦子第一个溜进去。

【房子格局是两室两厅,非常宽敞。

姚松:爸,妈,你们先看看房子,家电、家具我都给你们买齐了,58寸3D电视机、双开门电冰箱、全自动洗衣机……我还给你们买了一张按摩椅。你跟妈就睡这间大卧室,这间还带独立卫生间。这间就作客房,回头米芽和肖恩来北京就可以睡这。爸,您说说这房子还缺啥?(老姚作为主观镜头)

汪秀:儿子,这些花了不少钱吧?

姚松:这是我孝敬二老的,你们高兴就好。

【老姚站在屋中央没有说话。

姚松:爸,您跟我说说,还要搬什么,您非得跟我犟。

老姚:那个饭桌得搬过来。

姚松:那都旧成什么样了,您看这个还不行吗?

老姚:家里那张晚上吃完饭,你们兄妹三小时候都在那写作业的。家里那个柜子可以放这,那些家什使得时间长,都有感情了。

姚松:爸!

老姚:另外缺个狗窝,麦子睡哪?

姚松:麦子就别带过来了,送给隔壁的小林就好了,这儿养狗多不方便。

老姚:麦子是我们家的一员。

姚松:爸,您要我怎么说您,您非得做个老古董。

【这时姚松的电话响起,姚松接起电话。

【老姚看了一眼姚松,拉开窗户,外面高楼林立,城市森林,所有楼都是一样。

27 老姚新房　日　内

汪秀：儿子，你这离婚这么长时间了，不再找一个？

姚松：咱们不聊这个话题行吗？

汪秀：你一个人怎么行啊，人早晚得有个家，免得他人闲言碎语。

姚松：妈，我有事先走了。

汪秀：今天搬家第一天，你不在家住一晚再走？你就睡旁边那屋。

姚松：公司有事。

【老姚从阳台出来看了一眼汪秀，示意她别留了。汪秀有些失落，看着姚松出门。

汪秀：有时间过来吃饭。

【汪秀关上门。

老姚:你这是自找不自在,你不知道每次一提这事,他就跑吗?

汪秀:都怪你,你说那些东西回头咱们搬就好了,非得这时候跟他说。

老姚:你也别难过,都有自己的生活。说说这房子吧?

汪秀:房子?好像有点大,我们两个住。

28.新房　夜　内

【汪秀在厨房烧菜,厨房明显有一些大,汪秀有点忙不过来。

【汪秀端出菜。

【老姚在餐桌旁倒着饮料。

汪秀:你啥时候买的饮料啊?

老姚:下午买报纸的时候。

老姚:把厨房的灯关一下,还有卧室的灯也关了。

【汪秀跑出来把灯关了。

【汪秀找出药递给老姚,老姚吃药。

汪秀:这房子真的太大了,厨房就太大,咱住不过来啊。

老姚:今天怎么说也是咱家的乔迁之日,来,庆祝一下。酒是不能喝了,咱们喝点果汁吧。

汪秀:慢着,你就说这两句?不是你的作风啊!

【老姚放下酒杯。

老姚:那多说两句?

汪秀:多说两句!

老姚:行,我觉得首先要感谢我们的国家,感谢这个时代,没有国家的发展咱们也赶不上这好日子。你看看这,汪秀,你想过有生之年能住上这么好的房子吗?

汪秀:呵呵,想过。

老姚:老伴啊,我们是过过苦日子的人,什么苦咱们没吃过啊。所以啊,我现在很知足。咱们就是一定要幸福,这样的日子还不好好享受?

汪秀:说得对,咱们就是要幸福!

【俩人碰杯,喝饮料。

老姚:尝尝新家的第一顿饭是啥味?

【老姚夹起一块红烧肉。

老姚:怎么有苦味?

汪秀:刚不是说过吗?厨房太大,厨具也是新的,还没用上手。

【麦子在一旁叫了起来,"汪汪"。

老姚:哎呀,差点把麦子给忘了。

汪秀:宝贝,你想吃点啥?

29.酒吧　夜　内（这场戏与上一场对切）

【酒吧里，座位上坐着一个性感的美女，一人喝着酒。

【姚松一人坐在吧台上喝酒。俩人对望了一下。

【姚松起身拿着酒走过去。

【美女期待着。

姚松：Can I buy you a drinking?（可以请你喝一杯吗？）

姚松对着旁边的一个外国帅哥说。

30.房　日　内

【客厅放着搬回来的旧桌椅。

【汪秀手抱观音雕塑,老姚手抱毛泽东雕塑,两个人站着屋中央。

【两个人反复选择位置摆放,最后选定客厅正面墙的茶几上。

【老姚再把战友的合影挂好。

【完事后,两个人坐在沙发上,汪秀抱着麦子,满意地看了看放好的佛像。俩人相视一笑。

31.小区 晨 外

【老姚走出大楼,来到小区广场,广场特别新,没有多少绿植,正中挂着横幅,横幅写着"同一个世界 同一个梦想 One world one dream"。

【广场不小,但人特别多,显得有些拥挤,老人们各自做着活动。

【一群人在打着太极。

【一群人跟着音乐做着操,活动腿脚。

【一群人扭着秧歌。

【还有一些老人就坐在轮椅上在旁边看着。

【老姚每到一个地方,就看一会,始终想跟着参与,但是又放不开。

32.新房　日　内

【老姚手拿报纸,回到家。汪秀在观音像前祈祷。
汪秀:怎么样?
老姚:热闹倒是挺热闹的。
汪秀:那你跟着锻炼了没有?
老姚:没有,都不熟!
汪秀:这都多长时间了,也应该认识几个人了吧。你不想自己练太极,跟着练就好了。
老姚:我是想跟着练来着,老感觉怪怪的,谁也不认识谁,就跟着瞎比画。
汪秀:哈哈哈,那都是老人,都是亲人!
老姚:汪秀,要不再去买两只鸟,还是接着遛鸟吧。
汪秀:家里没有搁的地方,另外广场也没树挂你的鸟,怎么遛啊？麦子也要出去,你带它不就好了。

老姚:我可不想跟在后面捡狗屎。

汪秀:依我啊,你就别出去了,在家待着得了。

老姚:像个盒子,憋屈。

汪秀:那我就没招了,你这是越老越难伺候了!

33.小区广场　夜　外

【夜晚的小区广场更热闹了,广场上放着20世纪八九十年代的歌曲,中央有人在跳迪斯科,有人跳着交际舞。人群中不但有老人,还有一些中年人,也有些年轻女孩。

【汪秀手拿报纸,牵着麦子。老姚跟着旁边。

【汪秀看着跳舞的人,蠢蠢欲动,示意老姚去跳,老姚直摇头。

【汪秀把麦子交给老姚,来到舞池中央,跟着人群扭着身体。(其中有邻居老王)

【老姚看了一会,麦子到处乱窜,跟其他的狗玩起来了。

【老姚只好被麦子牵着走。

34.家　夜　内

　　【老姚坐在客厅沙发上,电视里播着戏剧《牡丹亭》。老姚打起瞌睡来。
　　【汪秀开门归来。
　　【汪秀把电视关了,老姚醒来。
　　汪秀:怎么一个人先回来了?
　　【老姚拿起遥控器又打开电视。
　　汪秀:困了就早点睡。
　　老姚:睡不着。
　　汪秀:那你刚才在做什么?
　　老姚:老做噩梦,看电视打瞌睡不做梦。
　　汪秀:你这是什么毛病啊?回头让姚松给你去医院拿安定吧。
　　汪秀:老头子,你说要不要给姚松打个电话?

【老姚突然站了起来:不能打,我看看他多久来看咱。

汪秀:哎哟,你这是怎么回事啊,不打不打。

老姚:你把毯子拿给我一下。

【汪秀从卧室拿出毯子。

老姚:你明天教我练字吧,听说练字可以静心。

汪秀:你这是哪门子的想法,你一杀猪的练什么字啊。

老姚:练练试试。

【老姚躺下,看着电视,电视新闻报道以色列和黎巴嫩的战争,电视慢慢变得模糊,变黑。黑暗中,隐隐约约传来枪炮声、子弹声和一些其他的杂音。

35.姚松办公室　日　内

【办公室非常热闹,办公室门牌写着"美国部""英国部""德国部""澳洲部""加拿大部""日本部",各式各样的人在咨询出国移民、出国留学的事。有家长带着小孩的,有年轻的情侣,也有一家人的。

【姚松来到自己办公室,办公室里贴着各个国家的国旗。

【姚松在椅子上躺了一会,搓了搓脸。

【姚松打开电脑,点击视频按钮,发现对方没在线。(对话框头像显示酒吧帅哥)

【姚松看了一下一旁的全家福合影,关掉电脑起身离开。

36.小区广场　日　外

【广场上三三两两的老人在锻炼,在广场的偏僻处,收音机传来现代京剧《胸有朝阳》唱段:

　　劈荆棘战斗在敌人心脏!望远方,想战友,军民携手整装待发打豺狼,更激起我斗志昂扬!党对我寄托着无限希望,支委会上同志们语重心长。千叮咛万嘱咐给我力量,一颗颗火红的心暖我胸膛。要大胆要谨慎切记心上,靠勇敢还要靠智谋高强。党的话句句是胜利保障,毛泽东思想永放光芒。

【老姚用大号毛笔沾水在地砖上写字。

【两个背着大号书包的小女孩,边看边念:晚年唯好静,万事不关心。自顾无长策,空知返旧林……

【一辆凯迪拉克驶入小区。

【姚松在车内听到音乐,向老姚方向看去,下车走过来。

小女孩:松风吹解带,山月照弹琴。君问穷通理,渔歌入浦深。

小女孩:爷爷,你写的是什么啊?

【老姚开心地笑了,摸了摸小女孩的头。

老姚:这是一千多年前,一个老人写的。

姚松:爸,您怎么在这练起字来了?

老姚:(看了看是姚松)怎么,不能啊?

姚松:不过……

【姚松看到刚写好的字立马又消失了。

姚松:你应该写"天空没有留下翅膀的痕迹,但我已经飞过"。

老姚:什么乱七八糟的?

姚松:这是世界著名诗人泰戈尔的诗句。

老姚:是么?你再说一遍。

姚松:天空没有留下翅膀的痕迹,但我已经飞过。

老姚:有点意思。

姚松:妈在家吧?咱回家吧,我给你带了一好东西。

老姚:你妈成天地念叨你,你还知道回家。

姚松:我最近忙……

【老姚示意打住。

老姚:今天在这吃饭吧。

姚松:今天就是特意来蹭饭的。上车。

老姚:两步路坐什么车,我溜达回去。

【老姚看着姚松走向车,掏出手机。

36.家　日　内

【汪秀在家中逗着麦子玩。(俯视全景)
【座机响起,汪秀奔向电话。

老姚:你宝贝儿子过来了,家里还有牛肉吗?

37.家 夜 内

【姚松送走安装网线的人,在电脑前坐下开始调试。

【老姚从厨房端出小土豆牛肉。

老姚:弄好了?

姚松:马上就好。我安装好软件,一会就可以与大姐他们视频聊天了。

老姚:在美国也可以?

姚松:爸,这个互联网,全球任何一个地方只要连接网线,都可以共享信息,这就是所谓的全球化。

老姚:哦。

姚松:你搬个凳子坐下,我教你怎么用。

【老姚在一旁坐下,戴上老花镜找来笔和纸仔细地看着。

姚松:你回头只要打开电脑,按这个按钮,开机后,双击这个图像,就是连着按两下……

38.厨房——客厅 夜 内

【汪秀收拾好厨房,端出最后一个汤。
【汪秀凑到电脑前。
姚松:我忘了一事了,现在没办法和大姐视频,他们现在正睡觉,还没起床呢。
老姚:西雅图现在是凌晨四点。
姚松:爸,你算得真准。
【老姚和汪秀相视一笑。
姚松:我找一朋友先试一下。
姚松:Michael,Can you get on the Internet now?(麦可,现在能上网吗?)
【姚松点开视频聊天,视频里出现一个外国帅哥。(酒吧里的帅哥)
姚松:Michael,Can you hear me?(麦可,能听见

我说话吗？）

　　麦可:Yes,where are you?（能,你在哪啊？）

　　【老姚和汪秀站在电脑前,看着视频,听着音箱里传出来的声音。

　　汪秀:儿子,这是谁啊?

　　姚松:一个朋友。

　　汪秀:我怎么没见过啊?

　　姚松:爸,你学会了吗?

　　【老姚盯着显示器,不敢确定。

　　姚松:没事,回头不清楚给我打电话。

　　汪秀:那先吃饭吧。

　　【姚松关掉视频前,在对话框打上"In my parents' house"（在我父母家）,最后敲上一个飞吻。

39.客厅 夜 内

【汪秀往姚松的碗里搛牛肉。

姚松:妈,最近大姐有没有打电话回来?

汪秀:刚搬家那会你爸打了一个过去,就告诉她搬家了,她有事没聊几句。

姚松:肖恩前段时间住院,你们知道么?

【老姚停下筷子。

汪秀:怎么回事啊?

姚松:没多大事。肖恩现在正学棒球,有一天打球,不小心挨了一棒子,然后住进医院。不过这倒成了好事,他那一口龅牙顺便被矫正了,下次你看到他,牙齿特别整齐。哈哈。

汪秀:呵呵,是吗?

【老姚松了一口气,接着吃饭。

姚松：妈，问你们一个事，要是让你们去美国，你们去不去？

汪秀：怎么突然问这个？

姚松：就是随便问问，你看大姐和姚魁都在那边，你就不想和自己的孙子在一块？

【老姚停下手中的筷子，舀了一些汤。

汪秀：你问问你爸。

姚松：爸？

老姚：折腾不起！

汪秀：你爸就想去庐山。

姚松：那就去呗。

汪秀：搬家之前本来打算去，结果生病了。我前些天跟他说，他非得说现在去不划算了，要赶到明年夏天。

老姚：庐山最适合避暑了，现在都秋天了。

汪秀：对了，儿子，过几天就中秋节，今年不跟同事过，到时回家吧，我给你做好吃的。

姚松：到时候再说吧，现在还说不定。

汪秀：什么说不定，就这么定了，中秋节回家吃饭。

【姚松电话响起，姚松看着手机屏，起身接听。

40.超市外　日　外

【超市里,商品琳琅满目,老姚和汪秀选购食品。
老姚:这个姚松爱吃。
汪秀:已经买了。再买点水果,你得多吃点水果。

41.小区里　日　外

【老姚和汪秀从超市出来,手里提着一大袋鸡蛋,还有一些其他东西。

【小区大门口贴着"欢度中秋"。

【两个人走了一段,汪秀喘得上气不接下气,看到有椅子停下来休息。

老姚:你说你一下买这么多鸡蛋干吗?

汪秀:上次你外孙米芽教我做的蛋糕,我想再试一试。中秋节月饼也没什么好吃的。

老姚:这过节还有两天呢。

汪秀:我怕做不好,先练练。

汪秀:(提起东西打算走)走吧。

老姚:着什么急,在这晒会太阳,一会那个我来提。

【俩人坐着椅子上,饶有兴趣地看起行人来。

42.家 夜 内

【窗外灯火阑珊,远处放着烟花,一派喜庆的景象。

【老姚关上窗户。饭桌上摆满了丰盛的菜肴,汪秀拨打电话,电话传来:您拨打的电话暂时无法接通。

汪秀:这姚松电话怎么回事,怎么一天了,都打不通?不是说好回家吃饭吗?

老姚:(看着桌上的菜)他什么时候答应你的?

【电视里传来中央电视台中秋晚会:中央电视……祝天下华人中秋快乐……

汪秀:(打开电脑)今天不是约好与姚兰、姚魁视频吗?

老姚:(指了指电视)现在才8点,他们那边早上5点。约好十点视频,还有两个小时。

【俩老人坐在沙发上看着电视,汪秀手中抱着麦子。

43.家　夜　内

【俩人坐在沙发上,不时地看着墙上的钟,墙上时钟指向十点整。

【中央电视台:中秋晚会到此结束,再见。

【汪秀立马关掉电视。

【老姚点击视频按钮。

【俩人非常认真地坐在沙发中央,等待视频链接。

【汪秀发现麦子不在身边。

汪秀:麦子,麦子,过来。

【老姚和汪秀把麦子放在俩人中间。

【视频链接好。

【视频对方出现:肖恩和米芽。

【肖恩和米芽:Grandpa! Grandma! 中秋节快乐!

【老人看着外孙开心地笑起来:快乐,快乐!肖恩快乐,米芽快乐!

【这时画面后面姚兰把肖恩和米芽拉到座位上。

姚兰:爸爸,妈妈,节日快乐!

【画面:姚魁带着自己的黑人太太以及姚兰的老公一起坐在沙发上,六人示意一起齐喊:Grandpa! Grandma! 爸爸! 妈妈! 中秋快乐! 万事如意! 身体健康!

【两个老人看着这场面,汪秀顿时感动得捂着脸。

肖恩:Grandpa,grandma,我们还有惊喜给你们。

【画面中肖恩和米芽出画分别推进两个人——姚松和外国帅哥。

姚松:爸,妈。中秋快乐! 我临时来美国有事,没来得及跟你们说。

老姚和汪秀惊讶地看着姚松。

44.家　夜　内

【俩人坐在丰盛的晚餐前,看上去心情好很多。
老姚:把做的蛋糕拿出来吃吧。
【汪秀从厨房端出蛋糕,蛋糕上写着"中秋"。
【老姚拿着小刀分蛋糕。
【俩人坐在饭桌上吃蛋糕,饭桌上的菜一点没动。
【吃了半途,汪秀开始抽泣。
【老姚也放下了手中的蛋糕,看着墙上的全家福。
【半晌。
老姚:孩子们过得好,就好。(隐黑)

45. 家　日　内

【老姚坐在沙发上看报纸。汪秀给观音上香。

老姚:汪秀,我给你念念这条新闻。目前中国60岁以上老人约为1.5亿,每年以800万增加,到2030年,60岁以上人口的数量预计会增长一倍以上,到3.4亿。到2050年,中国老龄人口将达到峰值4.37亿,占总人口的31%左右,每三个中国人中有一个是老人。以后这个老人还得靠自己,儿女们哪照顾得过来。你看现在这房价涨的,年轻人买套房,贷款就得还几十年,哪有钱有精力养老人啊!养儿防老,怕是要改改了。

汪秀:(瞪着老姚)咱们那几个又不是没房。

老姚:所以相比其他老人我们要幸福啊。你看我们年纪这么大,住这么大的房子。

老姚:走,咱们晒太阳去,这大秋天的太阳多好啊!
汪秀:不去!
老姚:(拉起汪秀)走吧!

46.楼道　日　外

【老姚牵着汪秀走出家门。

【走廊上叮呤当啷的,一帮剧组的人抬着三脚架、摄影机进邻居家的屋。

【邻居老王出来迎接。

【老姚和汪秀从来没看过这架势,一下愣住了。

汪秀:(好奇地问其中提着苹果箱的女孩)你们这是干吗呢?

女孩:拍戏。

【老姚和汪秀站着电梯口,一直看着剧组二十多个人搬着东西进了邻居家,关上门。

47.楼底　日　外

【老姚、汪秀走出楼道。
【汪秀站在楼底不时往楼上看。
【老姚示意汪秀别看了。

48.家　夜　内

【老姚和汪秀坐在沙发上看着戏剧《华容道》。
【汪秀突然听见隔壁的声音,起身通过门镜偷看。
【剧组的人收拾东西陆陆续续离开邻居家。
【汪秀看到人走完后,回到沙发。
汪秀:我数了数,将近二十个人。
老姚:你数这干吗?
汪秀:二十个人,这得多热闹啊?
老姚:赶紧睡吧,这都几点了。
【墙上时间显示十一点半。
汪秀:你说这拍电视得什么条件啊?
老姚:睡吧。

49.家　日　内

【门镜内,剧组人员陆陆续续地进邻居家门。

【汪秀穿着睡衣站在门后面一直看着。

【老姚和麦子站在后面看着汪秀。

汪秀:确认了,总共22人。

老姚:你吃饱了没事干吧!

汪秀:22个人。

【老姚开门打算出去。

汪秀:你干吗去啊?

老姚:锻炼啊。

汪秀:今天别锻炼了。

老姚:嗯?

汪秀:跟你商量一事。

老姚:我还是牵着麦子溜一会吧。

50.家　日　内

【汪秀坐在沙发上换着电视台。

汪秀:老姚,你说咱们家出现在这个电视里面会是什么样?

老姚:(坐在餐桌旁吃了一口方便面)不怎么样!

【汪秀来到大门,通过门镜看了一眼,走廊没人。

汪秀:难道你就不想吗?

【汪秀又来到窗台,看见邻居家有人坐在窗台聊天,若有所思地转身回屋。

【汪秀回到屋里:老姚,你去说说,让他们来咱家拍。

老姚:不去,你自己去。

汪秀:你这老头子现在怎么这么拧呢?一点这样的事都办不了。

老姚:你问问那个老王,你不跟他扭过秧歌吗?

汪秀:开不了口。

老姚:(放下筷子)你不怕人多,搬着机器弄坏地板家具吗?

汪秀:怕,但人多不热闹么?你去问问嘛。

老姚:(看了汪秀一会,坚定地)行,那你一会给我下碗西红柿鸡蛋面。

汪秀:我给你放俩鸡蛋。

老姚:那走吧。

汪秀:我也一块?

【老姚点头。

【汪秀起身看了看衣服。

老姚:走吧。

51.楼道 日 内

【老姚和汪秀出门。

【楼道内剧组刚好在放饭。老姚来到人群中,打量一个女孩。

老姚:哎,姑娘,问下你,你们这拍电视有啥要求?

女孩:大爷,您是什么意思?

汪秀:我们也想请你们来我家拍。

女孩:哦,这个啊,你找我们孙主任谈,刚好他在,我去叫他,你稍等哈。

【女孩来到放饭处跟主任交流。

【老姚和汪秀远远看着,有一些紧张。

【主任走过来。

老姚和汪秀立马毕恭毕敬地站好迎接。

主任:大爷您好,大妈您好!

老姚、汪秀:您好!您好!

主任:你们是?

老姚:我们是想问问你们电视台拍电视,具体有什么要求?

汪秀:我们也想请你们来我家拍。

主任:这个啊!哈哈!我能看看您家房子吗?

汪秀:可以啊,欢迎!

【老姚和汪秀带着主任进家,刚好碰上隔壁老王,老姚歉意地笑了笑。

52.家　日　内

【主任在家四处看,老姚和汪秀跟在后面。主任停下来两口子就停下来,主任走他们也跟着走。

主任:您这房子很大啊!

老姚:148 平。

主任:很新啊!

汪秀:刚搬过来,没住几个月。

主任:哦,这样啊?

汪秀:怎么样? 符合要求吗?

主任:哦,哈哈,非常好,这么大拍戏非常方便,要是有一些绿植就更好了。

汪秀:绿植?

主任:就是花花草草,什么兰花啊,滴水观音啥的。这样拍出来画面好看。

汪秀:哦。我们刚搬家还没来得及养,我明天就去买。

主任:没关系,没有也没关系。

汪秀:那你们啥时候来拍呢?

主任:哈哈,阿姨,是这样,我们是电视台的一档栏目,每次拍摄不同的内容,到时我手头需要您家这样的场景,我再找您。您留个电话给我吧。

【老姚拿起笔找了张纸认真写着:姚庐山,87368729,手机:135……

【汪秀送出主任,最后忍不住说:记得打电话。

53.家　日　内

【汪秀和老姚坐在沙发上,麦子坐在中间。麦子看了看老姚,又看了看汪秀,起身离开沙发。

汪秀:(看了看一旁的电话)是不是要找找关系啊?

老姚:找什么关系啊?

汪秀:这么多天了,怎么还没给我们打电话?

【老姚摇了摇头继续看他的报纸。

汪秀:你说这姚松怎么回事,怎么还待在美国?

【汪秀起身给观音像烧香。

(移轴镜头)

【汪秀和老姚在餐桌吃饭,收拾碗筷,又吃饭,又收拾干净。

【汪秀和老姚买了滴水观音、富贵竹、兰花,摆满各个角落,把兰花放到各式各样透明的玻璃瓶里面,兰花长出新叶。

(冬天来了)

老姚穿着毛衣在屋里做操,汪秀擦地板。

【老两口坐在电脑面前与儿女们视频聊天,关掉电脑屏幕。(隐黑)

54.家　日　内

【餐桌,老姚和汪秀在吃早餐。汪秀递给老姚药,老姚接着,汪秀递给老姚水,老姚接着吃药喝水,俩人互相配合,却一句话没有,麦子在一旁安静地看着。

【汪秀看了看外面窗户发现下起了大雪。

【汪秀碰了一下老姚,示意看外面下雪。

【老姚瞄了一眼,夹起桌上油条。

【汪秀也无趣地继续喝着豆浆。

老姚:(擦了擦嘴)时间过得真慢。

【这时电话响起,两人相互看了一眼。

老姚:(接起电话)喂,哪位啊?

姚兰:爸,是我姚兰啊!

老姚:哦,兰兰。

老姚:(捂着电话对汪秀)是大女儿。

【汪秀赶紧凑过来。

老姚:什么事啊?

姚兰:生日快乐,爸!今天不是你79岁生日吗?

老姚:我生日,今天多少号啊?

姚兰:今天是12月23号啊,妈也忘了吗?

老姚:哎呀,哎呀,我跟你妈忘得一干二净。哈哈!

姚兰:那一会让妈给你做点好吃的。妈,在旁边吗?

汪秀:兰兰,我听着呢,一会我就买东西去。哈哈,还是女儿记性好啊!妈年纪大了,有点老糊涂了。

姚兰:爸,妈,我没在你们身边,没法孝敬您老人家。你们还好吗?

老姚:闺女,我们好着呢。

姚兰:我对不住你们。

老姚:别说了,我们知道你有难处,别说了。

姚兰:今天是个开心的日子,不说这些,还有一事。

老姚:恩,你说。

姚兰:过几天姚松回北京,我打算让肖恩和米芽新年过后去北京陪陪你们。

老姚:好啊!

汪秀:我们可想他们了。

姚兰：他们姐弟俩吵着要去看你们。

汪秀：呵呵。

老姚：姚松，事办完了？

姚兰：恩，我催着他回来。

老姚：姚松带着他们俩我就放心了，来之前记得打电话给我们。

姚兰：好的，爸妈，先不聊了，我这还有事。

老姚：好好。

姚兰：你们要多注意身体，特别是爸。

老姚：每天都按时吃药来着。你忙你的吧，有事咱们网上聊。

姚兰：我挂了。Byebye。

老姚：Byebye。

【老姚挂好电话。（唱一句京剧）

老姚：我说今天一起床感觉不对劲，原来有喜事啊。

汪秀：而且还是双喜临门。

老姚：对对，双喜临门，不过生日不算啊，生日年年都有，主要是咱们的两个宝贝，赶紧收拾收拾屋子。

汪秀：现在就收拾？不先庆祝生日！

老姚：庆祝啥，收拾！

汪秀：收拾！

【二老向客房走去。这时电话又响起。

【二老盯着电话看了半晌。

【老姚示意汪秀来接。

汪秀:喂,你好!

主任:您好!是姚大爷家吗?

汪秀:是是,您是?

主任:您是阿姨吧?我是电视台的小孙,上次看了您家房子。

汪秀:孙主任?

主任:是我。上次您说可以借用您家房子拍戏。

汪秀:是的是的。

主任:我过几天需要拍一期栏目,想借用一下您家房子,不知道方便吗?

汪秀:方便,方便啊!随时过来啊。

主任:那先跟您这么定着,具体我们这边确定了再给您电话,没问题吧?

汪秀:没问题。

主任:那就好,那先这么着。

汪秀:好呐!

汪秀:(挂掉电话,看着老姚)老头子,你真是一个大福星啊!今天咱必须好好庆祝一下!

老姚:哈哈哈!庆祝,一定要庆祝。

55.家　日　内

【老姚和汪秀穿好羽绒服，穿棉鞋，老姚把手机搁鞋柜上。

【老两口出门。

【特写手机。

56.小区　日　外

【老姚和汪秀来到小区,小区已是一番冬天景象。北风呼呼地刮着,草坪上积着积雪。

【老姚和汪秀上出租车。

57.公路　日　外

【老姚和汪秀在出租车内。
【一辆凯迪拉克迎面开来。
【凯迪拉克开进小区。
【有人从凯迪拉克上下来,姚松、肖恩、米芽,以及司机。
【姚松三人进楼道。

58.出租车　日　内

【出租车内,老两口忍不住兴奋。

汪秀:老头子,这是我们第一次去机场吧。

老姚:是啊,姚兰和姚魁来那么多次咱都没去接过,但这次咱们一定要去,对吧?

汪秀:对对。

司机:大爷,有亲人来北京呢?

老姚:俩外孙。

汪秀:从美国来。

司机:哟!还是美国的。

【老姚和汪秀幸福地笑了起来。

59.楼道 日 内

【姚松带着肖恩和米芽来到大门前。
【姚松按门铃,肖恩和米芽赶紧躲起来。
【姚松敲了好久,还是没人开门。于是他拨打电话,发现没人接,赶紧找出钥匙开门。
【进门麦子对着他们叫。
【桌上座机响个不停。
【姚松接起电话,电话忙音。
【这时放在门边的手机响了起来。

60.机场 日 外

【老姚和汪秀在机场大厅,询问机场工作人员接机口在哪。

【老姚和汪秀来到接机口,人群向外涌,却没有发现姚松。

【老姚于是又去询问工作人员。

汪秀:几点到?

老姚:两个小时前已经到了?

汪秀:啊,这怎么办啊?都怪你,怎么会把手机忘家呢?否则可以打电话问一问姚松。

老姚:咱赶紧回去吧,估计姚松没等到咱,已经回去了。

61.出租车 内 外

【老姚和汪秀坐在出租车内,两人生着闷气。

62.小区 日 外

【老姚和汪秀匆匆下车,往楼道赶,上电梯。

63.楼道　日　内

【老姚和汪秀下电梯,发现楼道聚满了剧组的人,一直站满到他家。

【老姚和汪秀走进家门。

【剧组成员中出现摇滚歌手,摇滚歌手剪着一头短发,推着录音车站在一旁,看见老姚和汪秀从旁经过,觉得面熟。

【沙发上,姚松、孙主任站了起来。肖恩和米芽奔来:Grandpa! Grandma!

老姚、汪秀:肖恩、米芽!

姚松:爸,这是怎么回事?

【老姚看了看主任。

【主任看了看老姚。

64.家　日　内

【老姚和汪秀坐在沙发上。

【剧组人员往家里搬机器。导演和摄影师比画设计镜头。麦子在一旁对着剧组人员大叫。

【肖恩和米芽从旅行包里拿出礼物。

米芽:姥姥,这个是我妈妈给你带的礼物。

肖恩:姥爷,这个是舅舅给你带的礼物。

【一旁摇滚歌手盯着老姚看。

导演:大爷,不好意思,我们先拍客厅。

老姚:哦,好,那我们到房间看吧。

导演:谢谢了。

【导演示意场工挪动沙发。

【老姚和汪秀四人搬着东西来到房间。

导演:来摄影机,演员,我们先走一下位。

65.家　日　内

【老姚四人来到房间。
【麦子对着门外汪汪地直叫。
肖恩:Grandpa,我们被赶了。
老姚:肖恩,姥爷答应他们的事,咱们要言而有信。
肖恩:I know。
老姚:先看看妈妈带过来的礼物吧。
【四人坐在床上开始拆礼物。
【这时导演过来了。
导演:大爷,还得麻烦您一件事,因为拍戏不能吵,您能让您家的小狗,在拍戏的时候不叫吗？就是我一喊"开始"就让它别叫,喊"停"的时候就没关系。
老姚:麦子,过来,别叫。

【汪秀一把抱着麦子。

【只听外面喊:(画外音)开机,开始。

【(画外音)然后演员蹦蹦跳跳地进家门关门。

【麦子又开始叫了。

【摇滚歌手(录音师):(画外音)导演,狗叫声,还是不行啊。

【导演:(画外音)停。

老姚:(厉声)麦子,别叫。

【导演:(画外音)来,我们再过一遍,开始!

【老姚紧张地看着麦子,可是外面声音一喊,麦子就开始叫。老姚一把捂住麦子的嘴。

【导演敲门进来。

导演:大爷。

老姚:导演,这样,我现在先带它去遛遛。

导演:太谢谢了。

汪秀:这么冷的天怎么遛啊?

老姚:你别管这个了。

老姚:你们两个要不要出去看拍戏?

米芽:我们好困啊。

老姚:倒时差,姥爷知道,那你们两个先睡,等剧组走了咱们再看礼物,好不好?

66.小区外　日　外

【老姚牵着麦子出楼道,外面刮起北风。
【老姚把围巾使劲系好。
【老姚牵着麦子走入雪地。
【因为天气太冷,麦子在雪地小跑起来。
老姚:麦子,你冷不冷啊?哎哟,你也冷啊。

67.家——客厅　日　内

【镜头内女主角坐在沙发上,茶几上放着一盆盛开的兰花。

男主角:(看着她,突然大声说道)那是我妈,你就不能多陪她一会吗?

女主角:可是咱们也有咱们自己的生活,对不对?

男主角:我知道,但是你能不能忍一会?

女主角:我已经做得很好了。

68.家——厕所 日 内

【厕所里挤满了人。
【汪秀坐在导演的监视器后面,好奇地看着监视器。
导演:好,非常好,过。我们换近景机位。
导演:阿姨,感觉拍戏怎么样?
汪秀:说不出来。

69.楼道　日　外

【老姚躲在楼道,抱着麦子,跺着脚。
【有邻居经过,老姚尴尬地笑了笑。
【老姚手里拿着手机犹豫不决,最后还是按下键。

70.家　日　内

　　【家里还在拍客厅的戏,一场夜戏,演员穿着睡衣,女演员正在做面膜,男主角坐在一旁。

　　女主角:亲爱的。

　　【这时客厅电话响起。

　　【导演摘下耳机起身大喊:谁的电话?

　　【切监视器,汪秀入画。

　　【汪秀拿着话筒,没有说话。

　　老姚:拍得怎么样?

　　汪秀:(拿着话筒委屈地看着导演,小声说道)他们不让说话。

　　【老姚一下愣住原地。

　　【老姚挂掉电话,通过楼道看着外面,北风刮着大雪乱舞。

【老姚向外走去,站在雪地里。

老姚:麦子,你知道吗?这个场景,让我想起了朝鲜战争。

71.战场 日 外

【战场一片冰天雪地。
【升格拍摄:中美双方的战士向前冲去。

72.家——厨房　夜　内

【厨房狭小的空间,挤满了工作人员,包括那个摇滚歌手,老姚和汪秀坐在最里面地板的小凳子上,拿着鸡腿小心地喂着麦子。

老姚:米芽和肖恩都还没起吗?

汪秀:还没呢。

【麦子认出摇滚歌手,冲着摇滚歌手摇尾巴。

摇滚歌手:大爷,这个狗是您养的,好像很喜欢我!

【摇滚歌手一把抱过麦子。

老姚:小伙子,你们今天要拍到什么时候?

摇滚歌手:不太清楚。

老姚:你帮我问一下。

【摇滚歌手有点不情愿。

【老姚一直看着他。
【摇滚歌手跑到一旁的导演身边轻声打听。
摇滚歌手:马上就完了。
老姚:那就好,我怕我的那俩孙子一会就醒了。
【摇滚歌手一直看着老姚,但是老姚和汪秀就是没认出他来。
摇滚歌手:狗有时候比人强!
【一旁监视器显示正在拍一场吃饭的戏。
【镜头里男主角的母亲,端着菜入画,朝着客房喊:儿子,吃饭了,起床吃饭了。
【镜头跟着母亲过去,这时肖恩从客房开门出来。
肖恩:Grandpa,grandma,我饿了。
【导演一下崩溃。
【老姚看着监视器中的肖恩,看着导演和工作人员不知该如何是好。

73.空境

【夜晚,小区,泛黄的路灯下,雪花在灯光下飘荡。
【客厅摆放着剧组的三脚架、米菠萝,现场一片狼藉,老姚一人睡在沙发上,电视出现雪花屏。

74.小区　日　外

【日,小区,日光照射在雪地上,雪在融化,雪反射出刺眼的光。
【老姚和汪秀从超市购物回来,走在小区。

75.家　日　内

【老姚和汪秀回到家。米芽和肖恩正在客厅争论。

米芽：You can't play, the weather is so cold.（你不能去打球,现在外面天气太冷了。）

肖恩：It's not your business.（这个你管不着。）

米芽：Can't you just a little bit sensible?（你就不能懂事一点吗？）

肖恩：Shut up,I almost suffocated.（住嘴,我快闷死了。）

米芽：You must listen to me.I'am you sister.（你必须听我的,我是你的姐姐。）

肖恩：Who said that?（谁说的？）

米芽：When mother to Beijing told me.（妈妈来北京的时候叮嘱过的。）

肖恩:I will not listen to you, so what?(我不听你的,又能怎么样？)

【老姚和汪秀想劝架,却又听不懂。

老姚:怎么回事啊？

汪秀:米芽,怎么了？

米芽:Sean 要去打 baseball。

老姚:打什么？

米芽:Baseball(棒球)。

老姚:棒球？

肖恩:Wait a minute.(等一下。)

【肖恩跑进屋里面,拿出一张西雅图水手队球员的照片。

【老姚接过照片看了看。

【肖恩又从屋中找出一个棒球,模仿照片里的动作。

米芽:Stop! You cann't do that!(你给我停下来,你不能这么做。)

肖恩:I must to do this.(我不得不这么做。)

米芽:The geographical position of Beijing is not familiar with. Where can you going to play?(但是北京你不熟,你去哪里打？)

肖恩:I will think of ways.(我会想到办法的。)

【老姚看着他们姐弟一人一句,自己却完全不知道他们在说什么。

老姚:肖恩,你说说为什么非要打呢?

肖恩:姥爷,我,我,I attended classes on the baseball team, and I must study well. (我参加了班级的棒球队,我必须练习好。)

老姚:米芽,他说什么?

米芽:他参加了学校棒球队。

老姚:那就练吧,姥爷陪你练。

米芽:If you go to play baseball, I called mother.(如果你去玩棒球,我就打电话给妈妈。)

【肖恩一下生气了,把球扔向米芽,然后跑进了房间,砰的一声关上门。

老姚:你说他什么了?

米芽:姥爷,不用管他。

【米芽说完也回到自己房间。

【这时门铃声响起。

76.家　日　内

【老姚开门,孙主任提着东西进来。
孙主任:姚大爷,您好!
老姚:孙主任,您这是?
汪秀:小孙啊,进屋坐。
【孙主任进屋把东西放下,看看屋里其他人。
汪秀赶紧倒了水:喝水。
孙主任:阿姨,不用客气,我一会就走。我这次来,主要是谢谢您二老的。前两天拍戏把你们麻烦得够呛,实在不好意思。
汪秀:没多大事,我也热闹了两天了。
【老姚没有说话,自己坐下。
孙主任:姚大爷,这次过来还有一事想求您。
老姚:说吧。

孙主任：最近我们在拍一个奥运家庭的宣传片，就是讲北京老百姓的片子。我觉得你们一家很适合，儿女在国外，然后外孙也是外国人，应该说您家是一个国际化家庭，这很能展示咱们奥运"同一个世界，同一个梦想"的主题。不知道您愿不愿意参与拍摄？

汪秀：拍我们啊？

孙主任：恩。

老姚：这个怕是不行。

孙主任：您要不要考虑一下？

老姚：不考虑了。

孙主任：那行，那我先走了，如果你们有兴趣可以给我打电话。

【孙主任起身打算离开。

老姚：（忍不住）孙主任，你经常在外面跑，见多识广，我想问问你，你知道北京哪有打棒球的地方吗？

孙主任：棒球？

老姚：对。

孙主任：我知道北京，就奥体中心有一个，其他地方好像没有。不过一些大学操场也可以玩。

老姚：那你打过吗？

孙主任：没打过，我们这好像没人玩棒球吧。你要去打棒球？

老姚：不是，我那外孙想去玩。

孙主任：哦。这样啊。

老姚：你了解吗？

孙主任：你可以通过电脑搜索啊。

老姚：哦，那谢谢了。

77.家　晚　内

【黑暗中老姚披着衣服，开灯。

【老姚戴上眼镜打开网页，在 Google 中输入"棒球"，然后查看视频。

【老姚在一旁拿着笔记录。

78.家　日　内

【一家人坐在餐桌上吃饭。
【肖恩用筷子用得不好,老是攥不住豆子。
老姚:肖恩,你看姥爷,中指和食指放到筷子这个位置,然后大拇指捏着。
【肖恩学了一下,夹一颗豆子,还是掉了。
肖恩:姥姥,有勺子吗?
老姚:肖恩,别灰心,多练习就熟练了。
汪秀:练习啥,饭都吃不饱。肖恩,姥姥给你取勺子去。
老姚:米芽,你们在美国有汉语课吗?
米芽:没有,都是妈妈教我们。
老姚:那你们会写汉字吗?
米芽:我会说,写只会一点点。

老姚:肖恩呢?

米芽:肖恩,更不会了。

【老姚沉默了一会。

老姚:姥爷,带你们看戏,去不去?

米芽:好啊！好啊！

老姚:肖恩呢?

肖恩:看戏？什么戏？

【老姚指了指墙上的一张海报,海报上演员画着花脸拿着刀枪。

肖恩：Fighting Kung Fu!（好啊！）

79.家　日夜都可　内

【米芽在一旁玩电脑。
【肖恩拿着球和麦子玩。
【汪秀和老姚在一旁看着。
【电话响起,老姚接起电话。
老姚:姚松啊,票订着了吗?
姚松:没订着,现在年底,看戏的人特多。
老姚:哈哈,这么火。
姚松:爸,你要么再等等,要么你给那个拍戏的主任打电话问下,他们是干这一行的,估计有熟人。
老姚:恩,我知道了。
【老姚挂了电话,犹豫了一下,在茶几上找出孙主任的名片,到外面接听。
【肖恩的球一不小心,砸着观音菩萨。

汪秀:肖恩,小心啊。

【肖恩捡起球看着观音:姥姥,what is this?

汪秀:这是大慈大悲的观音菩萨啊。

肖恩:有什么用?

汪秀:求平安的。我也有给肖恩求,求她保佑我们的肖恩健康平安。刚才碰到菩萨了,赶紧来拜拜。

【汪秀合手拜了一下,嘴里念叨:请菩萨原谅,肖恩年纪太小,还不懂事……

【汪秀看了看肖恩。

【肖恩放下手中的球,合手拜了一下。拜完之后,看了看一旁的米芽,两个人笑了起来。

80.家　日　内

【一家人准备出发,米芽帮着汪秀提包。
【米芽穿着西雅图水手队外套,戴着棒球帽。
【汪秀给观音上香,然后念念有词。
【米芽看着也拜了两下。
【肖恩也跑回来拜了拜。
老姚:好了,别拜了,别假模假样的。
【一家人笑了起来。
汪秀:(对着麦子)乖乖留在家看家。
【众人与麦子招手再见。

81.小区　日　外

【天气放晴。
【米芽和肖恩跑在前面,肖恩活蹦乱跳地做着功夫的动作。
【老姚和汪秀跟在后面。
【经过的人们忍不住投来目光。
汪秀:慢点,别跑。
【肖恩也不听使唤。
老姚:(看了看汪秀)你叫唤啥?
【汪秀看了一眼老姚,笑了笑,一派幸福景象。

82.戏院　日　内

【老姚带着肖恩米芽进剧院。
【看戏的人们什么样的都有。

83.戏院 日 内

【戏台上正在上演一台气势磅礴的京剧。

【《百凉楼》唱段：

说什么年少倒比年迈长,有几辈古人对你讲,细听老夫说端祥,廉颇八十秦兵挡,威风凛凛姓名扬;黄忠年迈战场上,百发百中百步穿杨;老夫我虽然年岁长,胸中韬略世无双,上阵全凭枪和马,一人能挡百万郎。此一番保主赴会场,鞍前马后料无妨。

【台下老姚听得入迷,忍不住跟着旋律摇起头打起节拍。

【一旁的汪秀不时地看看台上,又看看肖恩和米芽。

【一旁的米芽认真地看着。

【一旁的肖恩看着有一些不耐烦。

肖恩:姥爷,他们什么时候打啊?

老姚:(做了一个别说话的手势)接着看。

【肖恩越来越不耐烦,起身离开。

米芽:Where are you going?

肖恩:WC。

汪秀:肖恩,你要干吗去啊?

米芽:他上厕所。

【老姚看了一眼,没说话。

83.戏院　日　外

【肖恩走出戏院,看着墙上的海报,戴上耳机,耳机传来:Snoop Dog:I wanna love you

【肖恩做着 HIP-HOP 的手势来到戏院大门口,回头看了看戏院,无聊地向人群走去。

84.戏院 日 内

【戏剧还在进行。
【汪秀有一些着急,推了推一旁的老姚。
【老姚被打断听戏,有一些不悦。
米芽:姥姥,我去看看。

85.街道　日　外

【街道车水马龙,肖恩一个人在人群里,好奇地到处看。

【肖恩来到一个小公园,公园里不少年轻人在玩着滑板、旱冰,肖恩看得入迷。

86.戏院　日　内

【台上还在唱着戏。
【老姚一个人坐在座位上听着。
【这时汪秀从外面跑进来,拉着他向外走。
汪秀:肖恩不见了。
【老姚和汪秀来到洗手间出口,米芽站在门口着急地等。
米芽:我等了好久了,肖恩好像没在里面。
【老姚走进男洗手间,看了一圈,没人。
【老姚在戏院到处寻找肖恩。
【汪秀带着米芽在门口询问戏院保安。

87.公园　日　外

【一个包放在凳子上。
【肖恩和几个男孩在玩棒球。
【其中的一个穿着红色羽绒服的男孩投球,肖恩用手套接球。
【每次肖恩都接住。
【旁边几个男孩开始纵容红衣男孩使劲扔。
【肖恩不服气,还是努力接住。

88.警局外　夜　外

【姚松一边接听电话,一边和老姚和汪秀、米芽从警局出来。

【几人上了车。

89.车内　夜　外

【老姚和汪秀坐在后面。

姚松:爸,妈,你们怎么这么糊涂,怎么能让肖恩一个人到处乱跑?他现在这个年纪特别调皮你们不知道吗?

【汪秀着急地到处瞧,老姚一把拉过汪秀的手。

米芽:Uncle,不关姥爷和姥姥的事,都是肖恩太不懂事。

姚松:爸,我说你为什么非得急着今天看戏,说了改天我陪你们。

老姚:你哪有时间!

姚松:我确实忙啊,你等我两天不行啊?

【老姚沉默了,没有说话。

90.剧院　内

【舞台上老姚穿上了戏服,整个舞台只有老姚一人,灯光投射在他身上。

【这时音乐响起《百凉楼》。

老姚:(唱道)说什么年少倒比年迈长,有几辈古人对你讲,细听老夫说端详,廉颇八十秦兵挡,威风凛凛姓名扬,黄忠年迈战场上……

【观众席上全家人坐在座位上,不解地看着他。

【老姚停了下来,灯光也咔嚓一声黑了。

91.楼道 夜 内

【车驶入小区。
【老姚四人出电梯。
【发现肖恩一人坐在家门口,头上留有血迹。
汪秀:哎哟,宝贝,你这是怎么了?
【老姚看着他俩闭上眼长吸了一口气。

92.家 夜 内

【肖恩坐在沙发上,汪秀和米芽给肖恩额头贴上创可贴。

汪秀:还好,没啥大事。

老姚:肖恩,说说发生什么事了?

肖恩:I am a person, several of them, or I won't lose.(我一个人,他们几个,否则我不会输的。)

姚松:Did you have a fight? Why? Who?(你打架了?为什么?和谁啊?)

肖恩:I am in a park to play baseball, later we came to blows.(我在一个公园玩棒球,后来我们就打起来了。)

姚松:Who struck first?(谁先动的手?)

肖恩:Nobody.

老姚：到底怎么了？

姚松：没事了，肖恩在公园玩棒球，后来跟人打起来了，我估计是他的球砸着人了。

老姚：肖恩，我跟你讲，不管什么情况，打架都是不对的，以后不能打架了，知道吗？

【肖恩没有说话。

老姚：你听明白了吗？

肖恩：(过了半天才回答)知道。

【他起身，看了看柜子上的观音像，然后回房。

【老姚看着肖恩不知如何是好。

姚松：我估计他是受委屈了，你们回头把他看好就好了，没多大事。

93.家　日　内

【老姚一个人在客厅看着报纸,门铃响起。
【老姚开门,孙主任站在外面提着一袋东西。
孙主任:姚大爷,您好!

94.小区楼下　日外

【小区楼下,老姚一手戴着棒球手套,一手握着棒球扔向肖恩。肖恩头戴头盔手戴手套,接住球。

【老姚看着肖恩开心,自己也乐开怀。

【镜头拉开,一帮摄制组人员正在拍摄,米芽和汪秀在一旁看着,姚松站在一旁接着电话。

【导演看着监视器,然后喊:好,这一组镜头够了。

【一旁的孙主任赶紧走向老姚和肖恩。

主任:肖恩,我给你买的这个头盔合适吧?

肖恩:Good!

老姚:谢谢了,我发现这个棒球挺有意思。

肖恩:姥爷,我们再玩一会吧?

老姚:再玩一会?好,那咱爷俩再玩一会。

【老姚直接又把球扔向肖恩。

【一旁的摇滚歌手抽着烟,看着这一幕。一旁还站着邻居老王。

95.家　日　内

【老姚和汪秀、姚松、肖恩四人围着米芽坐开。

【老姚顶着一顶毡帽,戴着金色眼镜。脚边搁着手风琴。老姚试着拉了两下,一屋子的人看着老顽童老姚都笑了起来。

姚松:爸,再拉两下,我给你拍几张照。

【一会导演乐呵呵地走过来。

导演:这次我们拍,大家都在听米芽弹吉他,大家只要开心一点就好!

【米芽坐在中间抱着吉他,弹唱《龙的传人》:我们都是龙的传人。

【一个外国女演员端着一盘水果放到茶几上,然后入座。

导演:不好意思,停一下。

导演:是这样,这个是你们的妈妈,姚先生的老婆,你们的儿媳妇,所以她端着水果过来,我们要看她一下,就是谢谢的意思,一家人嘛!

肖恩:可是她不是我的妈妈,我妈妈是中国人。

导演:我知道,咱们就假装,你就把她当成妈妈,妈妈端水果给你吃,你平时怎么看她?对,就这样,一会你就这样看她。大家都明白了吗?

【老姚和汪秀看着外国演员,皱了皱眉。

导演:刚才那个机位镜头够了,咱们换个机位。你们可以先休息一下。

96.家　日　内

【现场工作人员在忙碌着布光。
【汪秀看着米芽和肖恩在沙发上玩。
【姚松在一旁打电话。
【老姚在一旁到处转悠。
【摇滚歌手拉起一旁的吉他,开始弹奏,这是最早在四合院里弹奏的一首曲子。
【老姚回头看了看摇滚歌手。
【摇滚歌手一直盯着老姚。
【老姚不知其解,看着一旁的麦子,叫住麦子,一把抱住麦子走开。
【摇滚歌手越弹越激烈,一直盯着走开的老姚。老姚始终无动于衷。
【老姚怀抱中的麦子专注地看着摇滚歌手。

97.走廊　夜　内

导演:(门前）谢谢姚叔，谢谢您家对奥运的支持。

老姚:客气了,客气了,咱们北京人,应该的。

【麦子在走廊上跑,摇滚歌手过去抱起麦子。
【剧组陆陆续续地搬着东西向外走的声音。
【摇滚歌手看了看里面,抱着麦子,躲进楼梯间。

98.家 夜 内

【肖恩和米芽穿着睡衣,在电脑前与母亲聊天。
【汪秀在各个房间转来转去。
【老姚在撕掉墙上剧组遗留下来的大力胶。
米芽:姥姥,你找什么?
汪秀:米芽,你有没有看见麦子?
米芽:刚才我还见过。
汪秀:什么时候?
米芽:就刚才拍摄的时候啊。
【汪秀继续来到阳台狗窝:麦子,麦子——
汪秀:老头子,我跟你讲,麦子真的不见了。
【老姚看了一眼汪秀。

99.小区　夜　外

【老姚和汪秀穿着大衣,戴着帽子和围巾拿着手电筒,急匆匆地到处找麦子。

老姚:麦子,麦子——

汪秀:宝贝,你在哪啊——

俩人找着,融入了夜色中。

100.家　日　外

【老姚和汪秀拿着一沓"寻狗启事"和一小桶糨糊出门。

老姚:米芽你和弟弟在家乖乖地玩电脑,不准出去。

米芽:知道了。

101.小区　日　外

【老姚和汪秀在小区贴着寻狗启事。

102.电梯口　日　内

【老姚和汪秀疲惫地走出电梯,遇到隔壁老王和老伴进电梯。老王恶狠狠地瞪着老姚。

【老姚有一些不解。

【老王上电梯,在电梯门关之际说道:没见过你们这么不要脸的。

老姚:(疑惑地看着汪秀)他什么意思?

汪秀:之前小孙去他们家拍戏都交钱的,估计说我们两个不要脸,抢他的生意。

老姚:那不行,我得找他说说,不能随随便便被人说。

汪秀:算了。

【汪秀打开家门,俩人进屋,关门。不一会俩人又跑了出来。

103.电梯 日 内

【老姚着急地按1楼,结果错按了好几次。
老姚:怎么没一个省心的。
汪秀:有可能去北边的那个公园玩去了。

104.小公园　日　外

【老姚和汪秀在小区街道到处找,最后来到小公园,远远看见一帮小孩在打架。

【肖恩被红衣男孩压在地上,一旁围着一群小孩,米芽在一旁拉架。

红衣男孩:你一个美国人,跑这儿得瑟来了,今天我要好好教训你。

老姚:(跑近,大喊)住手,都给我住手。

【但是这时肖恩刚好给了红衣男孩一拳,红衣男孩也扬起拳头狠狠地还了一拳,两个人顿时急眼了。

【老姚看着他俩一下非常气愤,拿起一旁的棒球棍。

【汪秀赶紧去拉红衣男孩。

【老姚拿着棒球棍拨开汪秀,汪秀退到一边。

【老姚拿着棒球棍指着红衣男孩的后脑勺,像拿着一挺步枪。男孩拨开棒球棍,老姚还是指着他的后脑勺。

【红衣男孩回头看见老姚,松开肖恩。

【老姚继续拿着棒球棒顶着男孩,男孩一步一步往后退。

【肖恩从地上爬起来,向红衣男孩冲去,老姚一把拉着肖恩的衣领,往后一拽。

【老姚看了看肖恩,又看了看红衣男孩,两个人都喘着粗气不服气,狠狠地盯着对方。

【老姚顿时感到有一些无助。

105.战场　日　外

【雪地上冲锋号响起,中国人向前冲,美国人也向前冲。

【姚庐山和战友向前冲,身边的战友纷纷中枪倒下。

【姚庐山大声地嘶喊,继续上前冲,结果不小心摔了一跤。

【黑场

106.家　日　外

【黑场内。
【老姚发现有人在摇他。
【老姚睁开眼睛,看到一张美国人的脸。
【老姚吓了一大跳。
老姚:(缓了缓神)怎么了,肖恩?
肖恩:姥爷,我们今天就要走了,回美国了。
老姚:姥爷知道啊!要开学了吗?
肖恩:姥爷,我发现你和姥姥多了好多白头发,你们老了好多。
老姚:哦,有吗?
肖恩:有,都是因为我。姥爷,我错了。
老姚:好了,好了,没事了。

107.小区外　日　外

【老姚和汪秀跟着姚松、肖恩和米芽来到小区门口。司机赶紧收拾行李。

姚松:爸,妈,你们回去吧。

汪秀:我们送你们到机场吧。

姚松:车里挤不下,这么多行李。我看你们这些天太累了,别老想麦子,回头我再给你们买一条狗。

姚松:爸,我跟你说的事考虑得怎么样了? 我还是不放心你们。

【老姚看了一眼姚松,没有说话。

米芽:姥姥,我不想走,我舍不得你。

汪秀:暑假再来,到时和妈妈舅舅一块过来看奥运。

肖恩:姥爷。

老姚:上车吧。

【汪秀和老姚看着三人上车,看着车开走。

【汪秀看着远去的车呜呜地哭起来。

【老姚拉过汪秀的手。

汪秀:姚松也要去美国,我们真是没人要了。

老姚:姚松十年前就想出去了,只是因为我们一直没去。

【俩人正打算转身往回走。

【汪秀发现马路对面摇滚歌手牵着麦子站在路边。

汪秀:(大喊)麦子!

【汪秀向麦子走去。

【摇滚歌手也放开了手中的绳子。麦子向汪秀跑来。

【这时一辆卡车经过,急刹车,急转弯。

【老姚一把拉回汪秀,俩人倒在路边。

【俩人爬起来,发现麦子被卡车碾成了一团血肉。

【汪秀顿时受不了,护着心脏抽搐了几下,倒在地上。

【对面摇滚歌手看着,不知如何是好,颤抖着掏出手机拨打急救电话。

108 停尸房 日 内

【白色的床单下,汪秀躺在里面。

【一旁姚兰和老公,姚魁和妻子,姚松和麦可,肖恩和米芽围站在一旁。

【老姚缓缓揭开白色被单,汪秀看上去很安详。

【姚兰忍不住抽泣。

老姚:汪秀啊,今天,我们一家,团聚了。你再也不用看全家福了。

106.家 夜 内

【窗户外,烟花灿烂多姿。

【一家人坐在沙发中央,观看拍摄的奥运人家的宣传片。宣传片里,有家人和谐幸福。

【宣传片播完,大家没有说话。

姚松:爸,您就跟我们去美国吧,现在妈也走了。

【老姚没有说话。

姚兰:爸。

姚魁:爸。

姚兰:爸,其实西雅图的气候非常好,您肯定会喜欢的,您过去了我们一家人就在一起了。

老姚:我就不明白,你们为什么都想着出去。你们都别说了,有些事情可以不提,有些事情却永远也无法忘记。

107.战场 日 外

【姚庐山从雪地上爬起来,扛着刺刀向前冲。
【一个美国大兵冲过来。
【姚庐山一刀下去刺中腹部。
【美国大兵挣扎着,死在老姚前面。
【老姚一下傻了眼,愣在原地。

108.胡同　日　外

【姚松拿着汪秀的遗像走在前面。
【老姚牵着米芽和肖恩。
【姚兰、姚魁以及其他人跟在一旁。
姚魁:姐,你还能认出来这是我们小时候玩的胡同吗?
姚兰:完全认不出来了。
【胡同的人都已经搬迁走,胡同被摧毁得不像样了。
【一家人找到自己的家门,进屋。

109.四合院　日　外

【老姚站在大厅中央。

【姚松和姚魁收拾出一张桌子,放在中央。

【老姚把照片摆好。姚松带头跪了下来。姚兰、姚魁,一家人,中国人美国人都跟着跪了下来。

【老姚在一旁烧纸,然后点着一串鞭炮。

【姚松带头磕头。小米芽和肖恩不解地也跟着磕头了。

【老姚站在桌子旁,看着汪秀的照片,一手扶着桌角。

【老姚看着照片,终于忍不住哭了起来。

老姚:老伴,你走了,再也回不来了。

【镜头拉上,破旧的四合院。一行人跪在堂厅中。

【完。

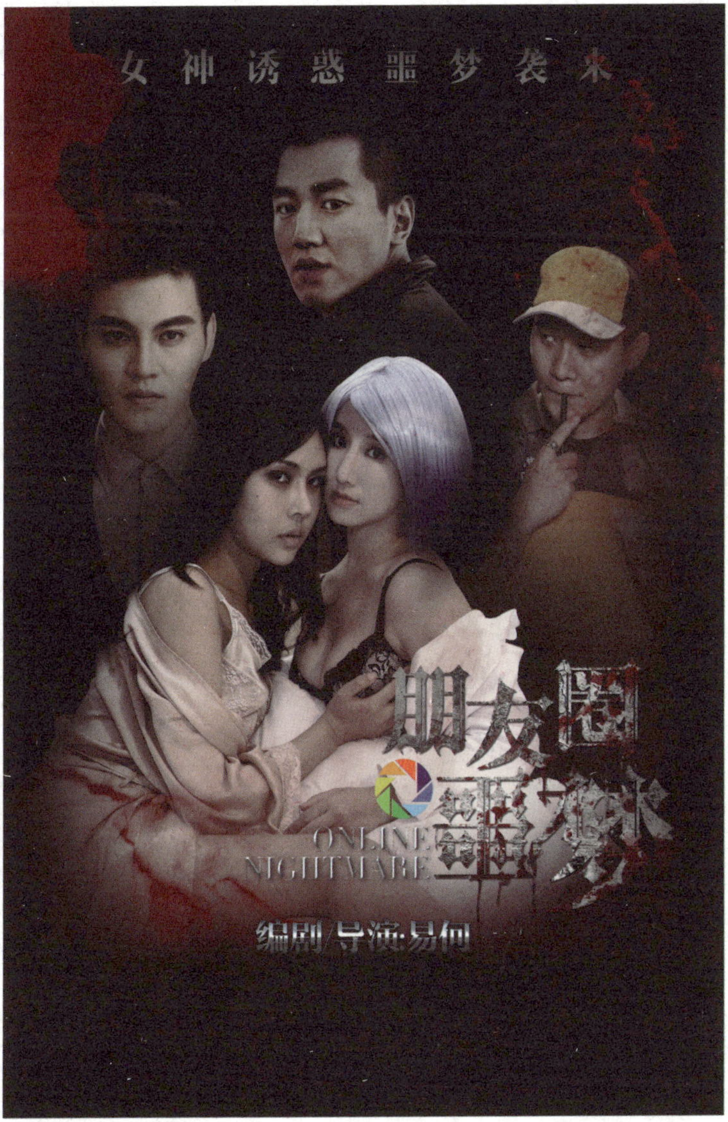
女神诱惑 噩梦袭来
朋友圈
噩梦
ONLINE
NIGHTMARE
编剧/导演:易何

164

《朋友圈噩梦》剧照

《朋友圈噩梦》剧照

【电影剧本】

朋友圈噩梦

Online nightmare

易 何

1.客栈　夜　内

【手机屏幕特写。

【小双正拿着手机坐在床上自拍,她调整手机角度,把性感的胸刻意露出,又试图很自然地拍出来。

【小双把拍摄的照片进行美白,磨皮,瘦脸,眼睛放大……照片加工完,小双开始发朋友圈,她又添加了三张白天拍的风景照。

【配图文字:世界这么大,要多去看看。(吐舌头、卖萌表情符号)

【一只手从后面搂过小双,开始亲吻小双的耳根,小双回应地亲了一下叶子。

【朋友圈有人点评:

　　甲:女神好美!(色表情符号)

乙：又去哪玩了？羡慕。（羡慕表情符号）

镜头切过，小双穿着性感的睡衣，坐在床上刷朋友圈。

【叶子伸手抚摸小双的胸，小双有点不耐烦。

叶子：怎么了？

小双：亲爱的，别着急嘛！我回个朋友圈。

叶子：我们是出来放松的，你能别成天抱着手机吗？

【这时小双的朋友圈有一个新的回复，小双急忙点开。

丙：第四张照片右下角是什么？有东西？

【小双点击照片放大，放到最大，发现照片角落阴影处隐约有一只带血裸露的手。

【小双吓得扔掉手机。

小双：啊……血！

叶子：什么？

小双：叶子，照片里有一只带血的手。

【叶子拾起手机，查看照片，果真有一只手。

【小双在一旁回想。

2.山间风景区　日　外

【叶子和小双穿着登山服，举着登山杖，走在树林里。

【小双看到树林,停下拍照。

小双:叶子,给我在这来一张。

【小双变换 Pose,咔嚓咔嚓拍了几张。

3.客栈　夜　内

【小双在一旁琢磨。

小双:有人可能摔下那个悬崖了。

叶子:哎……别管了,睡觉吧!

【叶子放下手机,试图拥抱小双。

小双:咱们得报警。

叶子:报什么警啊!

小双:那个人有可能没死?

叶子:我们现在山里,警察来了,这一晚可别想睡了。

小双:可万一……

叶子:什么事明天再说吧,也不急着这一会,那都是上午的事,也有可能早有人报警了。你不是想玩点新鲜的吗?你看……这是什么!

【叶子脱掉格子衬衫,里面穿着一套黑色皮制制服。

【叶子向前抱住小双,把小双按倒,开始抚摸小双。

小双:等一下,等一下。

叶子:吴小双,你要干吗!

小双:你凶我!

叶子:没有,亲爱的,来,让我们爽一下啦!

【小双翻身,拒绝。

小双:不要!

叶子:爽一下啦!

小双:不要!睡觉啦!不要啦!

【小双按下了床头灯,黑暗中传来小双和叶子俩人继续"纠缠"声。

4.客栈　夜　内

【空镜,月亮被乌云遮住。

【小双沉睡。

【镜头在空荡的走廊游走,来到门前,门自动打开。

画面旁白:我不想死……救救我……我不想死……救救我……

【镜头进入房间,向睡梦中不安的小双慢慢推进,一只血淋淋的手慢慢地伸向小双,手掀开了小双的被子。

【小双尖叫醒来,疯狂挥舞着双手。

【叶子打开了灯,睡眼惺忪地看着小双。

小双:他没死!他没死!他叫我去救他!

【小双拽住叶子的胳膊摇晃。

小双：我们必须去救他。

【叶子无奈地看着小双。

5.山间小路　夜　外

【叶子和小双走出客栈大门。

【手电筒光束入画,继而小双入画,叶子无奈地跟着后面。

小双：你快点啊！我……害怕！

【小双放慢脚步,牵住叶子的手。

【叶子走在了前面,小双跟在后面,继续前行。

6.野外　夜　外（车进入河边）

【俩人来到了拍照的地方,用手电筒到处找。

小双：应该就是这了。

【俩人照了一通,没发现有人。

叶子：这哪有人啊！哪有人！黑灯瞎火的,连个鬼都没有！来个鬼,让我拍张,发个朋友圈。

【叶子掏出了手机。

【这时小双突然照到一个恐怖的玩偶,吓得她惊声尖叫,往后退,结果又摔了一跤,在地上滚了两圈,回头一看,发现自己躺在尸体旁边,血手横在脸上。小双吓得叫得更惨。

【叶子冲了过去。

【小双疯狂尖叫试图爬起来,结果又摔倒在了尸体上。

【叶子赶来把小双扶了起来,用手电筒照射尸体(杨梦),尸体满脸雪白,长相清秀,口角带着血。

【叶子再往一旁照,发现还有另外一具尸体(吴卡)。

【第六分钟

【小双拽着叶子,叶子鼓足勇气,查看第一具尸体,发现已经没有气息。

【俩人走向另一具尸体检查,正当叶子靠近时,尸体突然伸出了手抓住她,长吁了一口气。叶子吓得扔掉手中的手电筒,刚好砸在了吴卡头上。叶子往后退,瘫倒在地上。

【小双回过神,急忙凑到吴卡身边。

小双(对吴卡):发生什么事了,你怎么样?醒醒啊?你还好吧?你没事吧。

【男尸已经昏迷。

【叶子倒在地上,发现自己躺在一个包上,她用手电筒查看,发现包里全部是钱。

【叶子看着不远处的小双,心里算计着,叶子提起了包。

【叶子提着包,拽起小双。

叶子:走!快!走!

【小双不解,叶子把包给小双看了一眼,拽着小双快步离开。

7.野外　夜　外

【小双和叶子急速地走在路上。

【叶子突然停了下来,叶子到处摸口袋,发现手机不见了。

叶子:我的手机不见了。

小双:我打一下?

叶子:掉那了,必须找回来。

【俩人往回走。

8.野外　夜　外

【俩人打着手电,再次回来。

【叶子寻找手机。小双再次看到玩偶。

【小双用手电照了一下男尸(杨梦)的脸,她感觉男尸正怨恨地看着她。

【这时叶子惊恐地发现另外一具尸体(吴卡)不见了,她站在原地四处看,手机也没有。

【叶子急忙关了手电筒。

叶子(压低嗓子):把手电关了!快关了。

【叶子把小双往下按,两个人蹲了下来,小双也发现尸体不见了。

叶子:手机给我!

【叶子抢过手机,拨打自己的号码,手机里传来嘟嘟的声音,没有人接听,整个山间传来微弱的铃声。

【俩人陷入恐惧中。

小双:叶子,我好害怕啊!

叶子:别怕,有我呢! 咱们必须离开这,回北京。

【两人牵着手,跑了起来。

10.空镜(补拍)

【北京城市空镜,高楼大厦。

【十字路口,人们抱着手机,低着头,赶着路。

11.公寓　日　内

【镜头从高楼摇下,小双和叶子走进大厦。(补拍)

【门被打开,叶子和小双走了进来。

【叶子进屋摘下假发。

【小双进屋,将手机随便搁在餐桌,拉开窗帘。

小双:真扫兴,好好的计划被你破坏了!

【叶子发型已经换好,拿着一瓶酒来到茶几前;叶子把捡来的袋子打开,看着眼前的钱。

叶子:小双……你过来!

【小双凑到钱跟前。

叶子:有了这些钱,想去哪不行?三亚、塞班、夏威夷,我们去见一见真正的蓝天白云,妈妈再也不用担心雾霾了,哈哈哈哈!

小双:你怎么还笑得出来啊!

叶子:有钱了还不开心?

小双:你忘了你的手机……

叶子：凡事都往坏处想，没准手机就是掉山里了。

【这时小双的手机铃声突然响起,俩人惊恐地看着手机。

【俩人慢慢靠近手机,手机屏幕显示:叶子来电。

【俩人更加害怕,小双示意叶子接,叶子惊恐地按下接听,再按下免提,只听话筒传来一个男人的声音:我知道你是谁！我会找到你的！你别想逃！

【叶子快速地挂断了电话。

【俩人喘着气看着对方。

小双:他不会真找上门吧！他是谁啊？怎么办啊？怎么办啊？

叶子:别吵!

【叶子寻思着。

叶子:事情都到这一步,想别的也没用!

小双:那怎么办?

叶子：他说会找到，说明他还不知道我们在哪。

小双：你有办法了？

叶子：(摇头)我得先把那个手机号挂失，你这个号也不能用了。

小双：我害怕。

叶子：亲爱的不用怕，有我呢，知道吗？有我呢！

小双：好吧！

叶子：我先去办卡，你收拾一下，洗个澡吧。

小双：你快点回来。

【俩人相互拥抱，叶子拉起另一顶假发进了浴室。

【屋里只剩下小双一人，她四处看了看屋子。

12.公寓　日　内

【浴缸，淋浴水开启，小双身围浴巾，用手试了试水温，抬脚伸进浴缸，发现浴室没有洗漱用品。

【小双来到客厅，打开行李包，找出洗漱用品。

【这时一个玩偶从包里顺带掉了出来，小双吓得往后退，是现场那个玩偶。

【小双惊悚地看着玩偶，玩偶脏兮兮的，小双舒了一口气，捡起玩偶，顺带拿起手机。

【小双来到洗手间，把玩偶放在洗手池冲洗，结果玩偶渗出了血，小双再次扔掉。

【小双看着玩偶，摇了摇头，再次鼓足勇气，用水冲洗掉玩偶身上的血。

【小双给玩偶抹上肥皂,冲洗干净,玩偶恢复了白净,但滴着水,小双拿起吹风机开始吹。

小双:对不起,你不要哭,好不好。

【玩偶吹干,恢复了可爱。

小双:嗯,我是一个有爱心的女孩子。

【小双看着镜中的自己。(浴室有两面镜子,其中一面小的放到台上)

小双:不对,是女神!我是一个爱心女神!

【小双看着镜中漂亮的自己,开始入迷,她放下玩偶,顺势拿起手机,寻找角度,开始自拍。

小双:我是女神!爱心女神!耶!爱心女神,我爱你!

【小双按下快门,发现照片背后站着带血的帅哥(杨梦)。

【小双吓得惊悚转身,发现后面并没有人。

【小双查看洗手台,发现上面的玩偶已经不见。

【小双尖叫着跑出了浴室。

13. 小区　日　外

【叶子手抱着新买的手机,手挽一束百合花,提着两个袋子,袋子里装着各种各样的水果。

【叶子这时察觉到后面一个戴着鸭舌帽的人(吴

卡)紧跟着她。

【吴卡追了上去。这时对面走来几个人,叶子趁机逃走。

【背景画面里大风走过。

14.楼道　日　内

【叶子按下电梯,走了进去,电梯即将关上时,一直手伸了进来,吴卡掰开电梯走了进来,站在了叶子身后。

【叶子惊悚地看着对方,叶子没有按楼层,对方也没有按,电梯徐徐合上,叶子更加紧张,这时电梯门再次打开。

【快递员大风认出叶子。

【叶子冲了出来。

大风:叶小姐……有你的快递。

【叶子紧张地盯着电梯里的吴卡,吴卡压低帽子,叶子看着直到电梯合上。

【大风好奇地看着叶子,又看了看电梯里的吴卡。

15.楼道　日　内

【大风不解地看着叶子,忍不住问道。

大风:刚才什么情况,那谁啊?

大风:是不是骚扰你的啊? 我帮你削他。

叶子:关你什么事?我的快递呢?

大风:你稍等。

【大风蹲下开始找快件。

大风:你这些天去哪了,怎么电话打不通,敲门也没人应,是不是出去玩了?

【大风把快递递给叶子,叶子签收。

叶子:你叫什么名字来着?

大风:大风,大风大雨的大风,你还没记住么?太伤心了。

叶子:有个事需要你帮忙。

大风:你说!

叶子:这些天……我一直在家,知道吗?

【大风不解地点头。

叶子:还有……不管任何人向你打听我的门牌号,都不要告诉他。

大风:什么意思?

叶子:记住了吗?

大风:牢记在心了。

叶子:谢谢。

【叶子说完,往楼梯口走。

大风:叶小姐,我想说,如果你遇到什么麻烦,你都可以找我的,真的。

【叶子看了看大风。

叶子:谢谢大风,以后叫我叶子吧!

【大风听着满脸欢喜。

大风:叶子……嗯……你什么时候有空啊,我想请你看电影啊!

【叶子上下打量了一下大风,无奈地走进了楼梯口。

【大风站在原地,无奈地眨了眨眼。

16.公寓　日　内

【叶子回到家,发现客厅没有小双的身影。

叶子:小双!

【小双从卧室走出来。

【叶子找出花瓶,接上水,把百合插进了花瓶。

【叶子把水果装盘。完事后叶子享受地闻了闻百合的香味。

叶子:小双……

小双:你怎么才回来?

叶子:怎么了?

小双:家里有人!那个死了的帅哥……玩偶也不见了。

叶子:什么玩偶?

小双:你去洗手间。

【叶子来到洗手间,发现玩偶就掉在地上。

【叶子捡了起来,来到客厅。

叶子:这不在这吗?你怎么把这脏东西带回家啊!

小双:我没有!

叶子:那怎么在这?

小双:我不知道!

【叶子顺势踩下垃圾桶(带盖垃圾桶),把玩偶扔进了垃圾桶。

叶子:好了,别疑神疑鬼了。你看我买了什么?

【叶子从包里掏出手机。

小双:新手机。

叶子:早就想换了。

【这时电话来了,叶子接起。

叶子:David!

总监:叶子,你要玩到什么时候,让你修的图,修好了没有?

叶子:David,快好了。

总监:明天我必须看到成片。

叶子:好的。

17.公寓　夜　内

【电脑屏幕特写。

【叶子坐在床上,抱着电脑,正在用Photoshop修模特照片,模特长相一般,叶子操作得非常恼火。

【小双坐在一旁突然说道。

小双:怎么了？又崩溃了？

叶子:我不想干了！

小双:那怎么行！否则总监要批你了！

叶子:那什么总监啊,那肚子大得,完全没节操！

小双:这点我认同。

叶子:还有啊,这些模特,一个一个长什么样啊,她们哪来的自信！

小双:你还不如她们呢！

叶子:你怎么说话呢？

小双:你别生气,我开玩笑。

小双:要我说,这工作别干了！

叶子:那喝西北风？

小双:你自己决定！

叶子:对哦！我们有钱了！

【叶子琢磨着。

叶子:我还工作干吗？去他妈的工作,这帮傻逼,去他妈的！

【叶子把软件关掉了,软件提醒是否保存,叶子选择不保存。

小双:我们睡觉吧！

叶子:你先睡吧！

【叶子打开浏览器,点开百度,输入"整容"。

小双：你干吗呢？

叶子：你不是说我丑么！我要改变！你快睡吧！

小双：我不敢，我怕。

【小双可怜楚楚地看着叶子，叶子没有理她。

【小双自己睡去。

18.公寓客厅　夜　内

【卧室，黑暗中叶子和小双熟睡。

【客厅，垃圾桶内，发出砰砰的声音。

【镜头慢慢推上，垃圾桶盖子，弹开。

【垃圾桶翻倒。

【卧室，小双猛然坐了起来，四处张望。

【小双摇了摇叶子，叶子从疲惫中醒来。

小双：叶子，屋内有人。

【叶子不耐烦。

小双：你去看看。

叶子：好困啊！快睡！

【小双再次摇叶子。

小双：你起来，去看看嘛！

叶子：别烦我！

【叶子翻身睡去。

【小双看了一眼叶子,无奈地、战战兢兢地爬了起来。

【小双蹑手蹑脚地来到客厅,这时一个黑影从一旁溜过。

【小双惊悚地看过去,她缓慢地向前走,黑影又从一旁划过,小双吓得不能自已。

【小双望去,看到玩偶跑出垃圾桶,小双低头,发现自己踩到垃圾桶旁,垃圾桶倒出大片的血,小双正踩在上面,小双抬起脚,血一滴一滴地滴下。

【小双惊声尖叫,一回头发现帅男满脸是血,就站在身后。

【小双吓得晕了过去。

19.公寓　日　内

【阳光从窗户照射在床上,叶子从睡梦中醒来,她发现身边并没有小双。

【叶子来到客厅,发现小双睡在地板上。

【叶子摇醒了小双。

叶子:亲爱的,发生什么事了,你怎么睡这啊?

【小双醒了过来。

【小双模糊地看着眼前,发现垃圾桶旁并没有血,只是打翻,玩偶在远处。

叶子:亲爱的……亲爱的……

【小双甩开叶子,爬了起来,发现身上的毛毯。

小双:不要叫我亲爱的,你根本就不关心我。

叶子:你又怎么了,每次都这样,我很累的。

小双:屋里还有其他人,晚上你没听到吗?

【叶子听到很沮丧。

小双:你睡得这么安稳,心里一点愧疚都没有吗?

叶子:你想说什么?

小双:当时我们要是早点去现场,那个人有可能不会死。你要是不贪那个钱,我们也不用提心吊胆。

叶子:你为什么不说,假如不是你执意要去,什么事都没有呢!

小双:你就是没同情心。

叶子:闭嘴!我不想听你说这个,你继续演你的女神吧!我要出去了!

小双:你干吗去?

【叶子没有回答,走出了屋。

20.美容院　日　内

【叶子躺在手术台上,脸上画满了线条。

【一旁站着一个男医生和一个护士。

男医生(说韩语)边比画边说:你长这么漂亮,为什么要整容?

(具体情况结合演员情况,向美容师咨询)

【护士在一旁翻译。

叶子:谁不想更漂亮一点? 医生,您觉得我的额头可以再饱满一点?

男医生:额头已经很完美了,如果你还不满意,可以从这填入一点脂肪。

【护士翻译。

叶子:可以啊,我觉得鼻子再尖一点是不是更好?

【护士翻译。

男医生:哦,看样子你想成为女神,那你可以做一下隆胸。

叶子:那最快什么时候能手术呢?

护士:那得看看医生的档期。

叶子:好的,谢谢!

21. 电梯前　日　内

【叶子看着电梯里镜中的自己,发现变成了小双,再走出去又变回了叶子。

【叶子走进电梯,一个女人正在炫耀车,叶子拿出手机输入:租车。

22.公寓　日　内

【小双坐在沙发上,呆呆地看着茶几上的玩偶。

【小双咳嗽了几声,她端起水杯喝了一口水,又咳嗽一声,发现自己咳出了一丝血丝。

【小双拿起纸巾擦了擦。

【小双继续看着茶几上的玩偶,她拿起手机,打算拍照,这时她发现手机里并没有玩偶。

【小双移开手机,发现玩偶仍在,再用手机查看,并没有玩偶。

【小双有一些害怕。

小双:是你吗?

【小双到处四处查看,在拿起手机打开照相查看,但没有发现人。

【小双放下手机,想了想,起身把窗帘都拉上。

【小双拿起手机,对着黑暗处。

小双:我知道你就在屋里,你出来吧,你是不是有什么话要对我说?

【小双拿着手机,四处寻找,再回到沙发,发现帅男就坐在自己对面。

【小双吓得往后退,发现椅子上并没有人。当她把手机调到录像模式,发现杨梦依旧坐在椅子上。

小双:果然是你!是你给我盖的毛毯吗?

【杨梦点了点头。

【小双看着手机中的杨梦,流出了眼泪。

小双:对不起,对不起。

【杨梦没有说话。

小双:你叫什么名字啊?

帅男:杨梦。

小双:你是不是有话对我说?

杨梦:我死得好冤啊!

小双:你别说了。

【小双调整呼吸。

小双:那你要干什么?

【杨梦突然闭上了眼睛,再睁开眼睛是红的,嘴角露出了獠牙。

小双:你放过我吧!

【杨梦直勾勾地看着小双。

杨梦:我不想为难你们,我只想要一个诚心的道歉!一切在于你。

小双:我知道了。

【这时杨梦消失了。

【小双更加急促地咳嗽,她用手捂住嘴,发现咳出了更多的血。小双看上去越来越虚弱了。

23.地下车库　日(夜)　外

　　【一辆车缓缓驶入地下车库,在镜头前停了下来。

【车内,叶子回头,看着后座上放着的都是购物袋,叶子美美地笑了。

【叶子倒车入库。

【这时角落里,吴卡出现,吴卡慢慢靠近。

【叶子停好车,下车观察停车位置。

【叶子打开车门,把东西取了出来。

【叶子关上车门,发现车窗里映着吴卡,叶子大叫,吴卡从背后用手捂住叶子的嘴。

吴卡:我的钱呢?我的钱呢?

【叶子指向地上的袋子,吴卡往前看,叶子趁机给了吴卡一肘,操起事先准备的电棒,把吴卡电晕。

【叶子仓皇逃走。

24.公寓　日　内

【叶子惊慌失措地回到家,把门仔细反锁好。

【小双坐在沙发上满脸痴呆,她转头看了一眼叶子。

【叶子端起水杯,咕咚咕咚喝了几口水,她用手揉搓着自己的脖子。

【叶子精疲力尽地坐了下来,突然察觉到小双有点不正常。

叶子:你又怎么了?

小双：叶子,咱们报警自首吧！咱们把钱还回去,我们什么也没干！警察不会对我们怎样的。

【叶子不满地看着小双。

小双：我受不了,我快崩溃了。

叶子：钱我已经花了不少,说什么都没用。

小双：我们再赚回来。

叶子：闭嘴！你都是我养的,吃饭、租房、看电影、出去玩、买衣服化妆品哪个不是我的钱？

小双：可现在都是你花的。

叶子：因为我想对自己好点,我不想每次出去,没有人看我。

小双：你怎么这么虚荣,能不能朴素一点……

叶子：那是因为你天生就比我有资本！你无法体会我的感受,我决定了,我要去整容。

小双：什么？你整什么容啊！

叶子：你别说了！如果你还想跟我,那就闭嘴！

【小双抽泣了起来。

小双：你是要分手吗？

【小双凑上去拥抱叶子,叶子推开。小双再次凑了上去……最后还是吻在了一起。

25　小区楼下　日　外

【叶子向保安询问情况。

叶子:请问最近看到可疑的人吗?

保安:没有。

叶子:有没有人戴着一顶鸭舌帽,穿着小丑衣服?

保安:没有。

叶子:如果看到请告诉我。

保安:好的。

【保安离开。

【这时送快递的大风看到叶子,跑了过来。

大风:叶子……你有时间?我想请你看电影啊。

【叶子摇了摇头。

大风:那我先忙了。

【大风走远。

【叶子看着大风的背影,若有所思。

26.公寓　日　内

【钱的特写,一只手正在抚摸。

【叶子坐在钱跟前,陶醉地抚摸着,看上去她已经变得疯狂。

【叶子看着镜中的自己,镜中的叶子变得狰狞。

【镜中,小双从后面走来。

【小双从后面抱住叶子。

小双:亲爱的,你要去干什么?不要去好不好?

【叶子拿出一沓钱。

小双:我一个人在家害怕。

叶子:我很快就回来。

小双:你不能去!

【叶子没有理会。

小双:都是钱害的,我要扔了!

【小双动手抢钱。

叶子:你疯了!

【叶子推开小双。

叶子:吴小双,我告诉你,从现在开始,不要阻碍我,否则别怪我不客气。

【叶子把钱放进柜子,提着包出门。

【小双瘫坐在地上看着叶子远去。

29.公园　日　内

【叶子坐在公园,大风远远走来。

大风:叶子,你约我这是……

【叶子示意大风先坐下,大风坐了下来。

叶子:你喜欢我?

【大风傻笑着点了点头。

叶子:有多喜欢?

大风:80秒。

叶子:嗯?

大风：一分钟有 60 秒，我喜欢你 80 秒。

【叶子示意大风坐自己旁边来。

【大风颤颤巍巍地挨着叶子坐了下来，他瞄了一眼叶子凸起的胸。

【叶子伸手抚摸了一下大风的肩膀。

叶子：如果你真的喜欢我，证明给我看。

大风：你要我做什么？

叶子：你敢吗？

【大风坚定地点头。

叶子：那好，你帮我把这个房子租下来。

【叶子把信息和钱递给大风。

叶子：其中 5000 是给你的，房子租好后，我还有其他安排，到时你证明给我看。

大风：我不缺钱。

叶子：你送快递赚很多吗？

大风：不多，但够花。

叶子：那你就拿着。

大风：真的不用，你要我做什么，我照做就是了。

叶子：你是不是傻？

大风：我觉得……我还行，没办法。

【叶子看着大风，有点无奈。

叶子：以后别这么傻了！

30.公寓楼下　日　内

【叶子正在小区亭子里着急等待。

【这时吴卡突然出现。

【叶子赶紧跑,吴卡跟了上去。

31.公寓　日　内

【小双拿着手机到处寻找,可杨梦始终没出现。

小双:你为什么不出来,你是不是要报复我?

【小双把手机调成了自拍录像模式。

【小双颤颤巍巍地按下录像键,杨梦从后面冲了过来。

【小双被吓倒在地。

【小双抬头,发现杨梦就站在跟前,他正满脸愤怒地看着自己。

【杨梦一步一步向小双逼近,小双爬着往后退。

杨梦:都是假的,我看出来了,你和她一样。

小双:我说服不了她。

杨梦:那就要付出代价!

【杨梦伸出了手(隔空),捏住了小双的脖子,小双悬浮在空中,杨梦顺手一推,小双摔倒在床上。

【杨梦瞬间移了过去,把小双压倒在床上。

【杨梦看着小双,眼睛再次变成红色。

杨梦:我看错你了!

【杨梦往前一推,小双倒在椅子上,昏迷了过去。

32.小区　日　内
　　【吴卡追踪叶子。

33.房间内　日　内
　　【叶子走进屋,关上门。
　　【这时后面传来吴卡的敲门声,急促地拍了几下,又停了下来。
　　【叶子偷偷地打开门锁,躲了起来。
　　【吴卡走了进来,四处寻找,角落里,叶子颤抖着。
　　【就当吴卡找到叶子时,吴卡身后,大风拿着一个打气筒钻了出来。
　　【大风把吴卡打昏,拽着叶子要逃。
　　【这时吴卡从昏迷中醒来,蹿上去和大风扭打在一起。
　　【大风被吴卡几刀捅伤。
　　大风:(死死抱住吴卡,嘴里大喊)叶子,叶子快跑。

34.公寓　夜　内
　　【叶子惊慌失措地回到家。

【小双从椅子上站了起来。

小双:你去哪了?怎么才回来?

【小双看着叶子手臂有血。

小双:怎么了?发生什么事了?

【叶子深呼吸,不知道接下来怎么办。

小双:你说啊,到底发生什么事了?

【叶子依旧没有反应。

小双:我们是逃不了的,去自首吧,没事的,我陪你。

【叶子紧锁着眉头,眼睛变得狰狞,整个脸都开始扭曲。

小双:我不管了,现在就报警。

【叶子看着桌子上有一个水晶工艺雕塑,她拿了起来,转身打在小双的头上,小双闷声倒地。

【叶子拿着工艺品,蹲了下来,小双伸出手试图阻止叶子,叶子再次砸下,血溅在了叶子脸上,叶子机械而重复地砸着。

叶子:你是对的!就你好!全世界就你好!

【叶子终于累了,她停了下来,扭动了一下脖子,脖子发出咯咯的响声。

【叶子看着地上的小双,小双已经血肉模糊。

【叶子擦拭脸上,发现整个手掌都是血,叶子看着血开始惊悚,血迹慢慢变大,最后充斥了整个屏幕。

35.公寓　夜　内
　　【黑暗中,响起被砸坏的水晶球的声音。

37.公寓　夜　内
　　【叶子瘫坐沙发上,已经沉沉睡去。
　　【这时黑暗中,杨梦出现。
　　【杨梦慢慢靠近叶子。
　　【叶子突然瞪大了眼睛,凶狠地看着杨梦。
　　叶子对着杨梦怒吼:滚!
　　【杨梦化作青烟,消失不见。

36.公寓　夜　内
　　【叶子在水龙头下清洗自己的双手。
　　【叶子抬头看着镜子中的自己,镜中的叶子仿佛变了一个人。
　　【客厅,叶子站着客厅中央,看着小双的尸体,冷静地思考着。
　　【叶子从房间里找出行李箱。
　　【叶子把尸体搬进了行李箱。
　　【叶子看到茶几上的玩偶,把玩偶扔进了箱子。
　　【叶子亲了一下小双,把拉链拉上。

叶子:再见。

【叶子找来毛巾,开始擦拭现场。

【清理完现场,叶子站着客厅中央,把衣服脱了扔进了黑色塑料袋。

【叶子走进卫生间。

【叶子站在淋浴下,任凭水冲洗。(在逆光里,剪影)

38.公寓　日　内

【叶子把装钱的袋子塞进背包。

【叶子戴上了墨镜。

【叶子给自己涂上了鲜红的口红。

【叶子背着包,拉起行李箱,出门。

背景音乐传来:《Summertime sadness》(夏日的忧伤),歌词唱道:离别前再深吻我一次,以纪念这夏末的悲伤,我只是想让你知道,亲爱的,你是如此完美,今晚我穿上火红的舞裙,在黑暗中苍白的月光下舞蹈,我像女王那般盘起自己的头发,脱下高跟鞋,依然活力十足,哦!我的上帝,爱的感觉弥漫在空气中,电话那头嘶嘶作响,如同你凝视我一般,亲爱的,我感到每个角落的热情都在燃烧我,我无所畏惧,离别前再深吻我一次,以纪念这夏末的悲伤……

40.地下停车场　日　外

　　【叶子拿着行李箱来到车跟前,叶子打开后备厢。

　　【叶子艰难地把行李箱一个一个搬上车。

　　【车发动离开。

　　【车驶出了地下车库,呼啸而去。

画面

　　【车行驶在山里上。

　　【城市空镜。

　　【叶子和小双俩人相处的画面。

　　【叶子在淋浴下。

　　【叶子开车。

　　【叶子和小双缠绵。

42.山间　日　外

　　【车在公路上停了下来。

　　【叶子下车看了看四周发现没有人。

　　【叶子从后备厢搬出行李。

　　【叶子艰难地拖着行李箱和铲子往树林深处走。

　　【叶子找到一处,拿着铲子,开始挖坑。

　　【风吹动着叶子的头发,叶子把箱子推进坑里。

　　【叶子掏出手机拍照,发现小双出现在手机里。

　　【小双正对着叶子说话。

　　小双:亲爱的,你为什么要这样对我,你为什么要杀我,这里好冷啊!你过来陪我。

【叶子吓得扔掉手机,撒腿就跑。

【这时只见吴卡出现在跟前,一拳把叶子打昏了过去。

43.树林　夜　内

【昏迷中叶子脸部特写,叶子缓缓醒来。

【叶子发现自己被绑在树林里。

【四处空无一人。

叶子大喊:救命啊!有人吗?救命啊!

【远处吴卡背对着叶子,正弯腰拖着一个重物。

【叶子看着越来越紧张。

叶子:救命啊……

【吴卡慢慢走近,叶子发现,吴卡拖着的是杨梦的尸体。

叶子:你要干吗?来人啊!救命啊!

吴卡:别喊了!没用的,这是一片荒山,喊是没用的,别费劲了。

【叶子看向一旁,小双正在一旁看着她。

叶子:小双救我!快救我!

【吴卡诧异地看着叶子,在吴卡的视角里,叶子正对着空气说话。

吴卡:你跟谁说话呢?

【叶子再看,发现并没有小双。
【吴卡在叶子跟前坐了下来。
叶子:你想干什么?
吴卡:我有些事儿不明白,我想跟你弄清楚。
叶子:什么意思?
吴卡:你糊涂了,记不起来了?
【吴卡掏出手机,是叶子之前掉的那个手机。
吴卡:那我给你看看。
【吴卡打开叶子朋友圈,朋友圈名字叫作:叶无双。
吴卡:为什么,你长这样,而你朋友圈却是这样的?这是同一个人吗?
【叶子惊悚地看着朋友圈,发现所有的照片都是小双的形象。
吴卡:我知道现在大家都喜欢美图一下,可你这也太过了吧!
吴卡:还有……你看你发的朋友圈,"小狗狗好可怜,人类不要伤害它",多有爱心啊!多让人稀罕啊,简直就是一个爱心女神嘛!可你本人为什么是这样一副样子?
【叶子有点错愕。
吴卡:怎么了,你想不起来了?我给你一点提示,微信……朋友圈……约炮……这人你总能想起吧?

（指着杨梦）

【叶子看着一旁的杨梦,越来越惊悚,陷入了回忆中。

44.咖啡厅/酒吧　日　内

【IPAD屏幕特写,屏幕正在播放《暮光之城》中吸血鬼段落。

【叶子无心地看着,一边玩着手机。

【手机屏幕特写,微信有新人请求加好友,叶子点开对方头像,发现是一辆跑车,叶子点击同意。

杨梦:你好！很高兴认识你！

叶子:你好！那是你的车?

【杨梦在咖啡厅另一端,正玩着手机。

杨梦:你猜！

叶子:真炫！

杨梦:你叫什么名字啊?

叶子:叶无双,你可以叫我叶子,也可以叫我小双。

杨梦:叶无双,好别致的名字啊！什么意思啊?

叶子:就是这个世界找不到两片一样的叶子。

杨梦:独一无二?

叶子:是的。

【镜头拉开,叶子坐在咖啡里,拿起手机拍照,然后通过美图修饰,美白,把眼睛修大,脸修小,不好看的地方涂上了马赛克……照片修成了小双。

【不远处杨梦坐在里面,正热火朝天地玩着手机。

【叶子发了一个朋友圈写道:天气真好,好想出去玩啊,求同行!(*^__^*) 嘻嘻……

【朋友圈,杨梦点赞,并且回复:女神真美!你也喜欢旅游吗?

【叶子回复:嗯了,你也喜欢?

【杨梦回复:嗯,过两天打算出去郊游,一块啊!

【叶子回复:好啊!

【杨梦回复:你就不怕我是坏人?

【叶子回复:是吗?好怕怕哦!(笑哭表情)

【叶子笑了起来,叶子发现自己的水杯里没有水。

叶子:服务员,帮加点水。

【吴卡这时走了过来,帮忙加水,整个过程叶子没有抬头看一眼吴卡。

【叶子的台面脏乱不堪。

叶子:帮忙收拾一下。

【电话响起,叶子接起。

大风:叶小姐吗,你的快递。(大风声音未录,后期补录)

叶子:我现在没在家。

【吴卡不满地看了一眼叶子,离开。

叶子:你等我一下吧!

45.咖啡厅　日　内

【叶子来到前台埋单。

吴卡:你好,小姐,扫二维码关注我们店公众号……

叶子:不用。

吴卡:我能加下你的微信吗?这样我们有活动……

【叶子鄙夷地看了一眼吴卡。

叶子:不用。

【叶子付完了钱,吴卡盯着叶子,直到叶子出门。

吴卡:装什么清纯啊!绿茶婊!

46.咖啡厅　日　内

【叶子买完单,出了店,吴卡始终看着。

【这时杨梦走过来埋单。

吴卡:哥!咋这么开心呢?

杨梦:有约。

吴卡:约炮?

杨梦:小兄弟,别这么直接嘛!

吴卡:什么样的,我看看?

【杨梦把叶子的朋友圈给吴卡看。

吴卡:很漂亮嘛!刚认识就约上了?

杨梦:不是这一个,是之前聊的,这个还得再……你懂的!

吴卡:哥,你真牛逼!能教教我吗?

杨梦:真想学?

吴卡:嗯。

杨梦:免单?

吴卡:(咬了咬嘴唇)好吧!

杨梦:你把你手机给我看下。

【吴卡把手机递给杨梦,杨梦翻看吴卡的朋友圈。

杨梦:你这朋友圈发的都是打篮球,骑自行车,什么意思?你是害怕别人不知道你是一个屌丝?

吴卡:这就是我的真实生活啊!

杨梦:愚蠢!我告诉你吧,现在这个互联网社会,每一个人都可以轻而易举地获得信息。你看看附近的人,哪一个看上去不是美女(查看朋友圈)?同样,妞儿们也可以轻松地获得她周围人的信息,她的社交软件里全是男人的信息,她为什么不挑好的?非得挑个你这样挫的。总结一句,男人爱大腿,女人爱钱。

吴卡:我不觉得每个人都是这么想的,还是有人喜欢真实的东西。

杨梦:你还挺犟!要不,我们打个赌,就拿这个女孩,你去见面,我保证你一样搞定。

　　吴卡:她会认出来吧?

　　杨梦:就说你愚蠢嘛,像我这种职业玩家,行走江湖,怎么能发自己的照片?一辆名车就搞定了!

47.山郊登山口　　日　外

　　【跑车内坐着杨梦和吴卡。(车内挂着之前出现的玩偶)

　　【吴卡拿着一个袋子,袋子里全部是钱。

　　【吴卡惊讶地看着杨梦。

　　【杨梦接过顺手扔到后座。

　　【俩人下车。

　　杨梦:假的,道具,用来泡妞的。人快到了,我去那边溜达溜达,加油!

　　【吴卡用手机查看照片,是叶子PS后的照片(小双的照片)。

　　吴卡:你说那个女孩会长什么样啊?会和照片里一样吗?

　　杨梦:见了你就知道了,哈哈哈!

　　吴卡:你笑什么?

　　杨梦:记得一年的咖啡。

　　【杨梦说完,招了招手,朝山里那边走去。

48.山郊登山口 日 外

【吴卡站在公路尽头,站在一个牌子下面,牌子是用两片木头做的,上面写着:有穷时,无尽处。

【叶子背着包来到了现场,她认出了跑车。

叶子:天涯地角有穷时。

吴卡:只有相思无尽处。

叶子:是杨梦吗?

【吴卡一回头,发现是叶子,叶子换了一个发型。

叶子:我是叶无双,小双。

吴卡:怎么是你?

【叶子不解,没有明白。

叶子:什么意思? 我们见过?

【吴卡听完非常失望。

【吴卡查看照片,再看叶子,怎么都不像同一个人,非常纳闷。

叶子:怎么了?

吴卡:这照片是你吗? 怎么不像啊?

叶子:呵呵,稍微美图了一下。

吴卡:稍微?

叶子:你什么意思嘛?

吴卡:没事。接下来去哪?

叶子:都听你的呀,不是你出的主意吗? 这里风景真美,要不你带我兜兜风。

【俩人上了车。

49.景区　日　外
　　【吴卡和叶子上了车。
　　【吴卡发动车,可他一点也不熟。
　　【叶子察觉出吴卡的不正常,这时她看到车里杨梦的照片。
　　叶子:这是你的车吗?
　　吴卡:是啊!
　　叶子:不是吧!我看你是开别人的车,是不是他的?
　　【叶子指着照片。
　　叶子:你是专门借车出来骗人的吧!你这人怎么这么恶心!
　　【吴卡听到立马来气了。
　　吴卡:你还不是一样!就凭一个头像答应约炮!
　　叶子:你说什么?你别侮辱人!
　　吴卡:我说错了吗?
　　【叶子欲开车门,打算下车。
　　【吴卡拉住了叶子。
　　吴卡:你要去哪?事还没做完呢。
　　叶子:你松开。
　　吴卡:不是约炮吗?这里多好,多浪漫呀!来吧!

叶子:你他妈的松手!

【叶子挣扎着下车,吴卡也被拽过来了,叶子看到后,使劲将车门关了上去,结果吴卡当场晕了过去。

【叶子看了看吴卡,发现后座装钱的包,叶子犹豫了一下,拿起快速逃开。

50.公路　日　外

【吴卡醒了过来,自己回想,他看到后座的包不见了。

【吴卡四处张望,看到远处的叶子。

【吴卡发动车,车左右滑动,车速混乱地追了上去。(吴卡对车不熟)

【叶子跑在路上,发现车追上来,加速跑。

【吴卡紧张地跟上去。

【在一个拐弯处叶子发现了路上的杨梦。

叶子:救命!

【杨梦听到后停了下来,看到吴卡,急忙让吴卡停车。

【吴卡看到杨梦一急,没刹住,反倒转向另一面。

【杨梦为了躲避车,结果摔倒在路边,结果撞晕了。

【吴卡急忙下车,发现杨梦倒在地上,而叶子站着一旁傻傻地看着。

【吴卡愤怒地走向前,追上了叶子。

(闪回完)

51.树林　日　内

【吴卡双眼紧盯着叶子。

吴卡:想起来了吧!你这一下晕了好久啊!你是不是睡着了,做美梦了?不对,应该是噩梦。

叶子:你要干吗?你把他撞死了!

吴卡:不是我,是你,要不是你,他不会死!

叶子:不关我事!是你开车撞的。

吴卡:哈哈!哈哈!我是不是特别让人恶心?不像一个好人?

【叶子摇头。

【吴卡凑近叶子。

吴卡:相比他,我是那么不起眼,你见到我都认不出来!他确实很优秀,可他阅女无数!

叶子:对不起!我也不想这样。

吴卡:你不用说对不起,我只想问下你为什么要这么虚伪,不是我的车就不跟我聊天?你看看你,满屏幕的社交软件(吴卡翻看手机),陌陌、佳缘、百合、探探……可照片没一张像你,而且P得都是一样,有必要吗?

【吴卡把手机推在叶子脸上,不断地推搡叶子。叶子双手使劲挣扎着。

吴卡:你对自己真的就这么不满意吗?

叶子:你冷静点,你想干什么?

【吴卡从口袋找出一把小刀,神经错乱。

吴卡(喃喃自语):现在……我也没办法回头了!我无路可走。

【吴卡说着,脸颊挂满了泪水。

吴卡:既然你对自己的脸这么不满意,那我给你两个选择,一,我给你一刀,你跟男神黄泉赴约。

【吴卡拿刀架在叶子的脖子上。

吴卡:二,在你的脸上划三刀,我放了你。

【吴卡拿着刀在叶子脸上比画。

吴卡:我数到十,你做出选择。一、二、三……

叶子:不要……我求求你放了我吧。

吴卡:四、五……

叶子:你为什么要这样?我知道错了,你放了我吧!

吴卡:六、七……

吴卡:八、九、十。

【叶子的惊悚地看着吴卡。

吴卡:给我答案。

【叶子仇恨地看着吴卡,双手在后面使着劲,绳索被挣脱不少。

吴卡:给我答案!

【叶子直勾勾地看着吴卡。

吴卡:看样子你宁愿死,脸比命重要!

【吴卡拿起刀,插向叶子。

【叶子双眼流出了眼泪。

叶子:你划吧!

吴卡(癫狂):哈哈……还是命重要,哈哈……

【此时昏迷中的杨梦皱了皱眉。

【吴卡拿起刀,按住叶子的头,用刀在脸上划了一道,叶子颤抖着,血慢慢地渗了出来,整个过程特别残忍,看着只让人觉得生疼。

【叶子使劲全力挣脱绳索,一把夺过刀,拿起刀一刀插在吴卡的肚子上,吴卡痛苦地抽搐,叶子用尽全力往里扎。

叶子:我问你,如果可以变漂亮,我为什么不能?你告诉我,我为什么不能?这有错吗?

【吴卡握住叶子的手,站了起来。

【叶子挣脱,害怕地往后逃跑。

【叶子拼命奔跑,吴卡拔出刀追了上去。

52.树林　日　外

【杨梦从地上醒来,他找过一根木棍。

【杨梦看着四周。

【完。